dtv

»Ich will kurz festhalten, wie unser Viertel hier aussieht ... Die Häuser sind aus Lehm gebaut. In jedem leben mehrere Familien, und jedes Haus hat einen Innenhof, der allen Nachbarn gehört, sie zusammenbringt und streiten läßt. Das Leben der Erwachsenen findet in den Innenhöfen statt. Die Straße gehört uns Kindern, den Bettlern und den fliegenden Händlern.«
Über mehrere Jahre hinweg führt ein Bäckerjunge in Damaskus ein Tagebuch. Es gibt viel Schönes, Poetisches und Lustiges zu berichten, aber er erzählt auch von Armut und Angst. Er schildert seinen Vater, den Bäcker, seine Mutter, die Meisterin im Handeln auf dem Basar, seine kleine, pfiffige Schwester Leila. Er erzählt von seinen Freunden und natürlich von Onkel Salim, dem alten Kutscher, der die herrlichsten Geschichten kennt. Eines Tages wird sein Vater bei einer willkürlichen Verhaftungswelle von der Polizei abgeholt und gefoltert. Dies bestärkt den Jungen in seinem Traum, ein Journalist zu werden, der gegen Ungerechtigkeit und politische Verfolgung kämpft.

*Rafik Schami*, 1946 in Damaskus geboren, lebt seit 1971 in der Bundesrepublik. Studium der Chemie mit Promotionsabschluß. Heute zählt er zu den erfolgreichsten Schriftstellern deutscher Sprache. Sein Werk wurde in 22 Sprachen übersetzt. Seine Taschenbücher erscheinen bei dtv. Weitere Informationen über den Autor: www.rafik-schami.de.

Rafik Schami

# Eine Hand voller Sterne

Roman

Deutscher Taschenbuch Verlag

Ausführliche Informationen über unsere
Autoren und Bücher sowie Themen, die Sie
interessieren, finden Sie auf unserer Website
www.dtv.de

Neuausgabe
November 2009
Veröffentlicht im Februar 1995 im
Deutschen Taschenbuch Verlag GmbH & Co. KG,
München

Programm Beltz & Gelberg, Weinheim
Umschlagkonzept: Balk & Brumshagen
Satz: KCS GmbH, Buchholz/Hamburg
Gesetzt aus der Old Style 10/12'
Druck und Bindung: Druckerei C. H. Beck, Nördlingen
Gedruckt auf säurefreiem, chlorfrei gebleichtem Papier
Printed in Germany · ISBN 978-3-423-21177-2

*12.1.*

»Schade, daß ich nicht schreiben kann. Ich habe viel erlebt, und es war wichtig. Heute weiß ich nicht mehr, was mich vor Jahren nächtelang nicht schlafen ließ.«

»Du weißt doch eine Menge, Onkel«, tröstete ich Onkel Salim.

»Nein, mein Freund«, sagte er. »Von der Landschaft bleiben nur die Berge und später nur noch die Gipfel sichtbar, und das Ganze taucht im Nebel unter. Hätte ich schreiben gelernt, könnte ich nicht nur die Berge, Felder und Täler sehen, sondern jeden Stachel einer Rose wiedererkennen. Was für großartige Menschen sind doch diese Chinesen!«

Ich wunderte mich, daß Onkel Salim auf einmal bei den Chinesen gelandet war. Als ich ihn deswegen fragte, erklärte er mir: »Die Chinesen haben es mit der Erfindung des Papiers möglich gemacht, daß die Kunst des Lesens und Schreibens für jedermann zugänglich wurde. Sie brachten die Schrift von den Tempeln der Gelehrten und den Palästen der Könige auf die Straße. Sie sind großartig.«

Also beschloß ich nach dem Tee bei Onkel Salim, ein Tagebuch zu führen. Ich vergesse viel. Ich weiß nicht einmal mehr den Namen der Mutter meiner ersten Freundin Samira. Mein Kopf ist wie ein Sieb. Jeden Tag will ich schreiben!

*21.1.*

Heute habe ich meinem Vater in der Bäckerei geholfen. Zwei Arbeiter fehlten. So mußte er allein den Teig kneten und formen und dann noch hinter dem Ofen stehen. Ich machte die Kasse. Die Kunden bringen in der Regel ihre Einkaufstaschen mit. Wer sie vergißt, bekommt das Brot in eine Zeitung eingewickelt. Am frühen Nachmittag hatte ich Ruhe. Ich nahm eine Zeitung und las etwas, obwohl mein Vater immer wieder herumnörgelte, daß ich lieber die Brote ordnen solle. Aber ich bin an sein Gejammer gewöhnt und weiß inzwischen, wann es eine ernstzunehmende Aufforderung oder nur so ein Jammeranfall ist. Ich las weiter, und da sah ich den kleinen Artikel über das Tagebuchschreiben.

»Ein Tagebuch ist ein Rückspiegel.« Dieser Satz hat mich lange beschäftigt. Irgendwie stimmt er mit dem überein, was Onkel Salim gesagt hat. Zu meiner Schande stelle ich fest, daß ich außer einer Seite am Anfang nichts geschrieben habe, bloß Sprüche geklopft. In dem Artikel, der sehr lustig gehalten war, stand auch, daß nur wenige Menschen ein ehrliches Tagebuch schreiben. Die anderen lügen, aber auch der schlimmste Lügner unter ihnen hat später einen Spiegel. Es ist dann ein verzerrender Spiegel wie auf dem Jahrmarkt, und man kann darüber lachen. Ich lüge nie ohne Grund. Meistens nur, weil die Erwachsenen mich nicht verstehen.

Ich bin vierzehn Jahre alt und schwöre, daß ich immer wieder schreiben will. Ein sicheres Versteck für das Tagebuch habe ich gefunden. Kein Teufel kommt darauf. Deshalb kann ich mich freischreiben.

*25.1.*
Ich will kurz festhalten, wie unser Viertel hier aussieht. Dreimal sind meine Eltern seit meiner Geburt in Damaskus umgezogen, und ich weiß nicht mehr genau, wie die früheren Häuser aussahen. Unsere Straße ist ziemlich schmal. Sie liegt im Ostteil der Stadt Damaskus. In der Nähe meines Hauses ist die Paulus-Kirche. Viele Touristen besuchen die Stelle, von wo aus Paulus abgehauen und nach Europa gegangen ist.

Die Häuser sind aus Lehm gebaut. In jedem leben mehrere Familien, und jedes Haus hat einen Innenhof, der allen Nachbarn gehört, sie zusammenbringt und streiten läßt. Das Leben der Erwachsenen findet in den Innenhöfen statt. Die Straße gehört uns Kindern, den Bettlern und fliegenden Händlern. Die Dächer sind flach und fast gleich hoch (alle Häuser haben zwei Stockwerke), so kann man ohne Mühe von einem Dach zum anderen wandern. Ich erinnere mich noch, wie wir eines Tages beim Frühstück auf der Terrasse saßen, als plötzlich ein junger Mann vom Dach herunterschaute. Er wollte wissen, wo die Haustür sei. Meine Mutter zeigte sie ihm. Er sprang auf die Terrasse, von da aus rannte er zur Treppe und auf die Gasse hinaus. Meine Mutter holte gerade die Teekanne aus der Küche, als plötzlich zwei Polizisten auftauchten.

»Hast du einen jungen Palästinenser gesehen?« fragte der eine.

»Einen Palästinenser? Nein! Schämt ihr euch nicht, einfach in die Häuser einzudringen! Hier sind Frauen und Kinder!« rief sie wütend.

Der Polizist entschuldigte sich, und beide machten kehrt. Ich staunte über meine Mutter, die weiter frühstückte, als sei nichts passiert.

Am Nachmittag konnte ich meine Frage nicht mehr unterdrücken. »Warum hast du gelogen?«

»Der junge Mann sah sehr ängstlich aus. Er hat eine Mutter, und sie wird euch auch nicht anzeigen, wenn ihr vor der Polizei wegrennt!« sagte sie.

»Und woher willst du das wissen? Bist du sicher?«

»Ja, ich bin sicher. Ich bin eine Mutter.« Sie lächelte und küßte mich auf die Stirn.

*10.2.*

Drei Freunde habe ich: Onkel Salim ist fünfundsiebzig Jahre alt, Mahmud ist fünfzehn, und Josef ist genauso alt wie ich. Onkel Salim ist lange Zeit seines Lebens Kutscher gewesen und erzählt die besten Geschichten von Räubern, Königen und Feen. Er hat viel gesehen und mehrere berühmte Räuber und Könige, ja, vielleicht auch Feen überlebt. Onkel Salim, Mahmud und ich wohnen im selben Haus. Josefs Haus liegt genau gegenüber.

Mahmud und Josef waren nie im Ausland. Ich wohl. Zwei Jahre habe ich in einem Kloster im Libanon verbracht. Mein Vater wollte aus mir einen Pfarrer machen. Jede arme Familie versucht so ihr Glück mit einem Sohn, denn ein Pfarrer ist sehr angesehen und verhilft der Familie zu einem besseren Ruf. Nach zwei Jahren habe ich es aufgegeben.

Die Schüler kamen aus verschiedenen arabischen Ländern, und wir wurden gezwungen, Französisch zu sprechen. Jeder Neuling mußte einen Schnellkurs machen, und dann durfte er nach zwei Monaten kein arabisches Wort mehr reden. Wenn er es aber tat, bekam er ein rundes Holzstückchen mit dem Buchstaben »S« darauf (für Signal). Er mußte es heimlich in die Tasche stecken und auf ein anderes Opfer lauern, dem er es unterschieben konnte. Wenn er sich verriet, wußten die anderen, daß er das Signal hatte, und mieden ihn wie ein Stinktier. Nein, leise mußte er es nehmen und herumschleichen, bis irgend jemand ahnungslos in seiner Anwesenheit Arabisch sprach. So wurden wir alle zu kleinen Spionen ausgebildet. Wer zuletzt die Holzscheibe besaß, mußte sein Abendbrot kniend einnehmen.

Ein merkwürdiges Gefühl war es, das Signal zu haben. Ich werde es nie vergessen. Es fühlte sich in der Tasche sehr warm an und gab seinem Träger Macht über die anderen. Vor allem, wenn man es früh genug am Tag bekam, hatte man einen großen Spielraum. Ich ließ Gnade walten, wenn jemand mir sympathisch war, und drückte es genußvoll in die Hand eines Arschkriechers. Nach einer Weile bildeten sich geheime Banden. Ich gehörte zu einer aus fünf Schülern, und wir schworen hoch und heilig, uns gegenseitig zu helfen. Es war verboten, einem aus der Bande das Holz zuzustecken, und so sonnten sich die anderen vier in Sicherheit und nützten es weidlich aus, Arabisch zu sprechen.

Ein Pfarrer hatte von dem System gehört und hielt eine Rede gegen das Signal, das die Schüler gegeneinander aufhetzt, aber er wurde vom Lehrerkollegium ausgelacht, und der Krieg der Banden ging weiter. Es bildeten sich sogar Kommandos aus mutigen Schülern, die das Signal auf eigenes Risiko nahmen, wenn es in die Hand eines ängstlichen Mitglieds der Bande fiel. Sie machten sich dann auf die Suche nach einem Opfer. Das Abendessen war um sechs, und es galt als Heldentat, eine Stunde vorher das Ding zu nehmen. Einer dieser Kamikaze hatte es einem Lehrer in die Hand gedrückt, als dieser Viertel vor sechs auf arabisch sagte, er habe einen Mordshunger. Die Lehrer schauten ganz dumm drein. Sie sagten aber, sie seien nicht im Wettbewerb eingeschlossen. An diesem Abend mußte also der kleine Ägypter kniend essen. Es war das erste Mal, daß die Schüler einem Knienden Respekt zollten. Wir drückten im Vorbeigehen seine Schulter.

*26.2*

Onkel Salim erzählt oft Geschichten von Feen. Er sagte heute, daß sie seit langem in Syrien leben. Er habe schon oft mit ihnen gesprochen. Sie hielten sich unter der Erde, in Wasserquellen und Berghöhlen auf und seien nur dann sichtbar, wenn sie sprechen.

»Und warum habe ich dann noch keine Fee gesehen?« unterbrach ihn unsere Nachbarin Afifa, die immer alles besser weiß.

Weil du niemanden zu Wort kommen läßt, hätte ich beinahe gesagt, aber Onkel Salim war nicht einmal sauer. Er schaute Afifa nachdenklich an. »Du hast recht. Ich habe seit vierzig Jahren auch keine mehr gesehen. Die letzte sagte mir, daß sie die Autos nicht ertragen können, denn Feen sprechen sehr leise.«

Die Behauptungen von Onkel Salim sind merkwürdig. Er sagt, die Feen haben nicht nur die Pyramiden, sondern alle Schluchten in die Felsen hineingezaubert. Auch die warmen Wasserquellen im Süden baut Onkel Salim in seine Geschichten ein. Sie seien die Bäder der Feen unter der Erde.

*10.3.*

Heute haben wir einen Autofahrer bestraft, der nicht verstehen wollte, daß wir es nicht mögen, wenn ein Auto durch unsere enge Gasse rast. Josef lauerte ihm auf seinem Dach auf, und als der Angeber am Ende der Gasse umdrehte und hupend zurückbrauste, schleuderte Josef einen Stein hinunter und traf das Autodach. Der Autofahrer stieg wütend aus, aber die Straße war wie leergefegt. Er fluchte, als er die Beule sah, und fuhr ganz langsam aus der Gasse.

*20.3.*

Ein toller Lehrer ist dieser Herr Katib. Bei seinem Vorgänger lernten wir die Angst und den Respekt vor der Sprache kennen, bei Herrn Katib lernen wir sie lieben. Früher sagte man uns, daß die Phantasie nur im Übertreiben zu finden sei, und Herr Katib lehrt uns, daß Märchen in den einfachen Dingen unseres Alltags passieren. Der frühere Lehrer ließ uns nie den Duft der Blüten und den Flug der Schwalben beschreiben. Er wollte immer märchenhafte Feste, Geburtstage und Erlebnisse haben. Von uns hat doch noch nie jemand einen besonderen Geburtstag oder ein großes Fest erlebt.

Ich werde den Schüler nie vergessen, der meiner Meinung nach den besten Aufsatz geschrieben hat. Wir sollten ein festliches Mahl beschreiben. Wenn Gäste kommen –

und sie erscheinen oft plötzlich –, teilt meine Mutter alles unter den Anwesenden auf. Ich habe das Gefühl, daß meine Mutter immer soviel kocht, als erwarte sie Besuch. Wenn also Gäste da sind, essen wir mit ihnen, und mein Vater trinkt aus Liebe zum Besucher einen zweiten Arrak, damit der Gast auch etwas trinkt.

Wenn ich das ehrlich geschrieben hätte, wäre nicht einmal eine Vier dabei rausgekommen. Ich rannte also zu Onkel Salim, denn er hat mit seiner Kutsche viele feine Gäste zu Feiern und Festen gebracht. Dort ist er oft in die Küche geschlichen und hat mit den Köchen und dem Hauspersonal gegessen. Er konnte mir genau beschreiben, was und wie alles serviert wurde, was die Leute trinken und worüber sie reden. Onkel Salim ließ einige Paschas und Prinzen aufmarschieren, die es in Syrien nicht mehr gibt, aber die habe ich durch den Polizeivorsteher und sogar durch einen Richter ersetzt (kein Richter hat unsere Wohnung je gesehen!). Meine Mutter hat ihnen angeblich eine gebratene Gazelle, gefüllt mit Mandeln, Reis und Rosinen, serviert. Ich vergaß auch nicht, die lobenden Worte des Richters über die Küche und den Arrak meiner Eltern zu erwähnen. Es war komisch, ein trockenes Brot für die Pause im Schulranzen zu haben und von gebratenen Gazellen zu sprechen. Keiner meiner Mitschüler lachte, sie schauten mich eher mit offenem Mund an. Ich bekam eine Zwei und hörte genauso verblödet den Geschichten über die Feiern der anderen zu, wo auf einmal Bischöfe, Generäle, Dichter und Händler sich die Hände in unseren ärmlichen Buden reichten.

Nur Chalil spielte nicht mit. Als er an die Reihe kam, erzählte er, was passiert war, als er seine Eltern gefragt hatte, was ein Festessen sei. Seine Mutter war gleich ins Schwärmen geraten und dabei gleich auf ihr Pech zu sprechen gekommen, so einen armen Mann geheiratet zu haben, obwohl sie als junges Mädchen von vielen reicheren umworben worden sei. Der Vater hatte zornig und verletzt reagiert und gesagt, daß er schon längst ein reicher Mann wäre, wenn er nicht dauernd ihre gefräßige Familie (zwölf Geschwister, Vater, Mutter und den Großvater) durchfüttern müßte. Sein Kollege habe eine gute Frau, und mit demselben Gehalt haben sie inzwischen zwei Häuser gebaut. Die Mutter hat den Vater angeschrien, daß ihre Eltern immer viel mitbringen, wenn sie kommen, und daß er sich lieber keinen Arrak kaufen solle. Dann hätte er schon längst die Groschen zusammenkratzen und sich ein Haus kaufen können. Sie haben lange gestritten, und jeder von uns sah seine Familie wie in einem Spiegel.

Chalil schloß seinen Bericht mit dem Satz: »Ich habe geschworen, daß ich meine Eltern nie mehr nach einem Festessen fragen werde, damit sie sich nicht scheiden lassen!«

Der Lehrer gab ihm eine Sechs, »Thema verfehlt«. Chalil kam am nächsten Tag nicht mehr. Er ist jetzt bei einem Automechaniker.

*30.3.*

Onkel Salim hört sich jeden Tag die Nachrichten an, und wenn er mit gespanntem Gesicht vor seinem alten Radiokasten hockt, dürfen seine Besucher nicht einmal husten. Er weiß besser als unsere Lehrer Bescheid über alles, was in der Welt passiert.

Heute war er in fröhlicher Stimmung, als ich zu ihm kam. Ein englischer Journalist hatte nach jahrelanger Arbeit einen Mord aufgeklärt. Zwei Minister und ein Bankdirektor waren in den Fall verwickelt, der am Anfang als Selbstmord gegolten hatte. Der Ermordete wußte zuviel. Eine grausige Geschichte. Schlimmer als ein amerikanischer Krimi.

»Bei uns«, sagte Onkel Salim, »bei uns wäre der Journalist schon lange tot.«

»Was ist eigentlich ein Journalist?« fragte ich, da ich nur wußte, daß diese Leute irgendwie eine Zeitung machen.

»Oh, ein Journalist«, stöhnte Onkel Salim. »Das ist ein kluger und mutiger Mensch. Er hat nur ein Stück Papier und einen Bleistift, und damit macht er einer Regierung mit ihrer Armee und der Polizei angst.«

»Mit Bleistift und Papier?« staunte ich, denn jeder Schüler besitzt das, und wir schinden damit nicht einmal beim Pförtner in der Schule Eindruck.

»Ja, er macht der Regierung angst, weil er immer auf der Suche nach der Wahrheit ist, und alle Regierungen bemühen sich, sie zu verstecken. Er ist ein freier Mensch wie ein Kutscher und lebt genau wie dieser in Gefahr.«

Das wäre schön, wenn ich Journalist werden könnte!

*Donnerstag nachmittag*

Mahmud hat einen Cousin, der viele Journalisten kennt. Er arbeitet in einer Kneipe in der Nähe der Zeitung und muß ihnen eimerweise Kaffee in ihre verrauchte Bude bringen. Das ist nicht schlecht. Ich trinke gerne Kaffee (oft heimlich, weil meine Mutter das nicht gern sieht).

*5.4.*

Bäckerkinder haben meistens O-Beine und zerzaustes Haar. Die O-Beine kommen vom schweren Tragen im Kindesalter, und das Haar ist immer voller Mehl. Die Kinder des Fleischers sind fett, die der Schlosser haben kräftige, vernarbte Hände, die der Automechaniker ewig schwarze Nägel und so weiter. Ich brauche nicht lange hinzuschauen, um zu wissen, was die Väter arbeiten.

Nur bei den reichen Kindern komme ich ins Schleudern. Sie haben alle samtenes Haar und weiche Hände, gerade Beine und von nichts eine Ahnung. Als Josef vor ein paar

Tagen einem dieser Gören gesagt hat, daß nicht Engel ihn auf die Welt gebracht haben, sondern seine Mutter, weil sie mit seinem Vater geschlafen hat, fing das Kind an zu weinen, daß seine Mutter so etwas nie tun würde. Aber Josef ließ nicht locker. Er hat mich in der großen Pause geholt und gefragt, wie das mit der Schwangerschaft passiert, und ich habe geantwortet. Das Kind mußte alle die Zeugen anhören, die Josef herholte. Zu Hause angekommen, wollte der reiche Dummkopf sein Essen nicht anfassen, und am Abend wollte er zwischen seiner Mutter und seinem Vater schlafen. Beide waren wahrscheinlich scharf aufeinander und dementsprechend verärgert. Deshalb kitzelten sie den Grund heraus, weshalb ihr Söhnchen auf einmal so merkwürdig war, und der Dummkopf erzählte von Josef. Heute kam der Vater in die Schule und beschwerte sich über Josef, und der arme Kerl hat eine dicke Strafe bekommen, weil er den Charakter des Kindes angeblich verdorben hat.

Ich finde den Vater zum Kotzen. Er schläft mit der Mutter, schämt sich dafür und schiebt es einem Engel in die Schuhe. Mein Vater schreit – viel zu oft –, daß er mich gezeugt hat.

*27.4.*

Das Küken, das mir und meiner Schwester Leila gehörte, wuchs zu einem prächtigen Hahn heran. Er war sehr stark und hackte den Nachbarinnen in die Beine, wenn sie ihre Wäsche auf der Terrasse aufhängen wollten. Später griff er sogar meine Mutter und meinen Alten an. Nur mich und meine Schwester ließ er in Ruhe. Vorgestern hat er meinen Vater in den Hinterkopf gepickt und verletzt. Fluchend hat mein Vater sein großes Messer genommen und dem Hahn den Kopf abgeschlagen. Leila war ganz blaß geworden, und mir wurde auch schlecht. Meine Mutter sagt, sein Fleisch sei das beste, was sie je gekostet habe, aber seit zwei Tagen essen Leila und ich nur Käse und Oliven, Marmelade und Butter. Keinen Bissen nehmen wir von dem Hahn.

»Ich kann doch nicht den eigenen Freund fressen«, sagt Leila, und sie hat recht.

*2.5.*

Wir waren eine Woche bei meinem Onkel in Beirut. Eine wunderschöne Stadt. Ich liebe das Meer. Meine Mutter hat fürchterliche Angst davor. Sie verbot mir, ans Wasser zu gehen, aber das Haus meines Onkels war so nahe, und das Meer ist eine einzige Verlockung.

Als ich das erstemal vom Strand zurückkam, schrie mich meine Mutter an, weil ich sie angeflunkert hatte, ich sei im Park gewesen. Mein sonnenverbranntes Gesicht hatte mich verraten, und so gab es keinen Nachtisch für mich. Am nächsten Tag zog es mich wieder zum Meer, aber ich blieb im Schatten. Als ich zurückkam und fröhlich vom Park erzählte, befahl meine Mutter: »Zieh deine Schuhe aus«, und sie klopfte den Sand heraus. Ich verlor meinen zweiten Nachtisch. In der Nacht beschloß ich, nicht mehr zum Meer zu gehen, aber als ich am nächsten Morgen aufwachte, hörte ich das Rauschen der Wellen und eilte wieder hinaus. Diesmal wollte ich meine Mutter überlisten. Ich spielte im Wasser und rannte immer wieder in den Schatten. Bevor ich das Haus meines Onkels betrat, klopfte ich meine Schuhe so lange, bis kein Körnchen Sand mehr drin war, und ging mit einem Lächeln hinein.

»Was für ein schöner Park«, rief ich meiner Mutter herausfordernd zu. Sie schaute mich prüfend an, und ich schwärmte noch mehr von der Schönheit des Gartens. Ich lachte innerlich, als sie meine Schuhe ausklopfte. Da sagte sie: »Komm her!« Sie nahm meinen Arm und leckte daran. »Du warst am Meer. Nur Meersalz schmeckt so!« Aber merkwürdigerweise gab sie mir an jenem Tag eine doppelte Portion Vanilleeis.

*15.5.*

Vorhin habe ich diesen großen, hageren Mann mit dem Spatzen gesehen, der seit Jahren durch die Straßen von Damaskus läuft. Ein merkwürdiger Verrückter ist das! Und der kleine Vogel folgt ihm wie ein Hund. Manchmal flattert er um ihn herum, dann setzt er sich auf seine Schulter. Sobald er sich in den Himmel erhebt, lockt ihn der Mann so lange, bis der Vogel wieder zurückkommt. Manchmal macht er mit ihm auch Späße. Er läßt ihn auf dem Stock sitzen, den er immer bei sich trägt, und balanciert ihn auf der Nase. Der Verrückte bettelt nie um Essen, aber sobald er an einer Tür steht, bringen ihm die Leute aus dem Haus einen Teller mit Gemüse oder Reis. Er ist sehr stolz. Er nimmt nie etwas mit. Wenn er satt ist, geht er. Meine Mutter sagte, er sei wahrscheinlich ein Heiliger, denn sie hat noch nie gehört, daß jemand außer Salomon, dem Weisen, mit Vögeln reden konnte.

Onkel Salim bestätigte das, was meine Mutter über Salomon erzählte: »Eines Tages rief Salomon nach den Vögeln, und alle kamen, außer dem Spatz. Salomon rief mehrmals, doch erst beim drittenmal kam der freche Vogel. Der weise König fragte ihn, weshalb er nicht beim ersten Ruf gekommen sei, und der vorwitzige Spatz antwortete, er habe keine Lust gehabt. Da verfluchte ihn der weise Salomon: ›Ab heute wirst du nicht mehr wie alle Vögel gehen, sondern nur noch springen!‹ Und seitdem hüpft der Spatz.«

*18.5.*

Onkel Salim erzählt mir immer wieder von einem Journalisten, mit dem er lange befreundet gewesen war. Später wurde der Mann berühmt, aber in seiner Anfangszeit war er sehr lange arm, und Onkel Salim half ihm, wo er nur konnte. Aus Dankbarkeit schrieb der Journalist einen langen Artikel über ihn. Da Onkel Salim nicht lesen kann, gab er die Zeitung einem Nachbarn, der ihm das Lob über seine Weisheit und Großzügigkeit vorlas.

Bei Onkel Salim kann man nicht unterscheiden, was Märchen und was Leben ist. Alles ist so verwoben, daß man nicht weiß, wo das eine anfängt und das andere aufhört. Heute aber war es eine tolle Überraschung für mich, als Onkel Salim, während er erzählte, im Regal nach einer Schatulle suchte, sie herausnahm und öffnete. Und was war darin? Der ausgeschnittene Artikel über ihn! Der Journalist hieß Kahale. Das Papier ist vergilbt, aber der Artikel ist phantastisch. Ich erfüllte gerne den Wunsch meines alten Freundes und las das Geschriebene langsam und genüßlich vor. Ein Prachtartikel über einen Menschen, der seiner Zeit vorauslebt. Onkel Salims Augen waren voller Tränen, nachdem ich zu Ende gelesen hatte.

*Samstag, den 1.6.*

Gegen neun Uhr trat der Schulleiter in unsere Klasse. Jedes Jahr übergibt er uns persönlich die Abschlußzeugnisse. Ich wußte schon, daß ich gute Noten haben würde, aber nie hätte ich gedacht, daß ich der Klassenbeste sein würde. Der Schulleiter lobte mich über den grünen Klee und betonte, daß ich am Anfang noch ziemlich mittelmäßig gewesen sei und jetzt ein Vorbild für die ganze Klasse sein könnte. Die aus meiner Klasse hörten ihm wie jedes Jahr ungeduldig zu, sie wollten nach Hause, die Schultaschen in die Ecke knallen und raus zum Spielen. Schließlich war ja Ferienanfang. Aber ich, ich konnte nicht genug von seiner sonst so langweiligen Rede hören. Ich, der Sohn des Bäckers, bin Klassenbester! Die ganze Welt könnte ich umarmen!!! Als ich jubelnd in unseren Hof stürmte, wäre ich fast über Mutters Freundinnen gestolpert, die mit ihr im Schatten des Baumes Kaffee tranken. Meine Mutter küßte mich stolz und nahm zufrieden die Glückwünsche ihrer Nachbarinnen entgegen.

Ich konnte es kaum erwarten, meinem Vater mein tolles Zeugnis zu zeigen. Denn ich dachte, jetzt könnte ich ihm beweisen, daß es richtig ist, weiter zur Schule zu gehen.

In der Bäckerei schlängelte ich mich zwischen den Leuten hindurch und rief meinem Vater über alle Köpfe hinweg die Neuigkeit zu. Aber er achtete nicht auf mich, sosehr ich auch versuchte, mich bemerkbar zu machen. Er kümmerte sich nur um die Kunden und sein Geld, und dann fauchte er mich auch noch an: »Was stehst du da rum? Hilf doch diesem blöden Mustafa! Die Brote türmen sich vor ihm auf, und er schleift seine Füße über den Boden wie eine fußkranke Schildkröte, dabei ist das Regal leer.«

Ich weiß genau, er wollte mir nicht zuhören. Er mag die Schule nicht. Wütend schnappte ich einige Brote und knallte sie ins Regal. Nach ein paar Stunden in dieser Hitze klebten mir meine verstaubten Kleider am Leib.

Erst auf dem Weg nach Hause, kurz vor unserer Haustür, meinte er: »Du bist der Erste? Das ist gut, aber die Bäckerei ist eine Goldgrube.«

Er schwafelte wieder lang und breit von den Kunden, die ihn um Brot bitten, obwohl er keine so großartige Schule hinter sich hat. Warum habe ich ihm nicht ins Gesicht geschrien, daß ich seine Bäckerei hasse?

Meine Mutter bemerkte natürlich gleich meine schlechte Laune, und während des ganzen Abendessens erzählte sie von den Nachbarn, die ihr gratuliert haben.

Mein Vater wollte aber wie immer das letzte Wort haben: »Was verstehen diese blöden Beamten vom Leben? Er wird Bäcker, und damit Schluß!«

Ich hielt das nicht mehr aus. Ohne noch gute Nacht zu sagen, rannte ich in mein Zimmer. Ich will kein Bäcker werden! Ich will nicht lebendig in einer Bäckerei begraben sein! Ich will reisen und schreiben! Journalist will ich werden, jawohl, jetzt weiß ich es, das ist mein Beruf! Ich schwöre bei Gott, jetzt um 21 Uhr, Samstag, den 1. Juni, daß ich niemals Bäcker werde. Nie!!!

*Sonntag*

Sonntags darf ich ungestört tun, was ich will, aber es ist eine lästige Pflicht, vorher immer in die Kirche gehen zu müssen. Mein Vater weiß, daß ich da nicht gerne hingehe. Wenn wir Schule haben, müssen wir jeden Sonntag zum Appell antreten, und der Religionslehrer ruft jeden mit Namen auf und kontrolliert, ob auch keiner fehlt. Aber jetzt sind doch Ferien, und trotzdem will mein Vater, daß ich in die Messe gehe! Er gibt mir sonst kein Taschengeld. Josefs Mutter ist genauso. Wir haben aber eine gute Idee. Unser Plan ist, daß Josef einen Sonntag in die Kirche geht und den nächsten ich. Wir können uns dann erzählen, was für ein Abschnitt im Evangelium gelesen worden ist und was der Pfarrer in der Sonntagspredigt erzählt hat. Denn das wollen mein Vater und Josefs Mutter wissen.

Ich bin als erster dran, blödsinnigerweise habe ich das kurze Streichholz gezogen. Ich habe auch immer Pech! Heute hielt der Pfarrer eine langweilige Predigt über den Verfall der Moral in Syrien.

Ich finde Jesus sehr mutig, wie er die Händler aus dem Tempel hinausgeschmissen hat. Aber eines verstehe ich nicht. Warum sind die Juden schuld, wenn die Römer ihn umgebracht haben?

*12.6.*

Irgend etwas führt mein Vater im Schilde. Er hat zu meiner Mutter gesagt: »Der Junge wird bald vierzehn und hat noch keinen Beruf gelernt.«

Beim Abendessen brach er einen Streit vom Zaun. Ich wollte nur Spaß machen und habe meine Mutter gefragt, ob sie wisse, wie viele Synonyme das Wort Löwe im Arabischen hat. Meine Mutter wußte kein einziges. Ich erklärte ihr, daß es dreißig vom Löwen und achtzig vom Hund gibt. Sie lachte herzlich und meinte, sie habe schon immer gewußt, daß der Hund nützlicher sei als alle Löwen. Mein Alter verzog das Gesicht und schimpfte auf den Löwen, den Hund und die Schule, die uns Rotznasen nur Schwachsinn beibringe. Er denkt, ich gehe zur Schule, weil ich mich vor der Arbeit in der Bäckerei drücken will. Er meint, die Schule sei für die besseren Leute gemacht. Arme Schlucker wie wir hätten dort nichts verloren. Als ich entgegnete, daß wir schon viel lernen und daß er keine einzige Algebrarechnung machen kann, lachte er nur höhnisch. »Algebra!« rief er. »Wozu? Was ich brauche, das muß ich im Kopf rechnen können.« Ich soll mir die Schule aus dem Kopf schlagen.

*13.6.*

Ich wollte heute meiner Schwester eine Gruselgeschichte erzählen. Aber sie gruselt sich nie. Mitten im Kampf zwischen dem Helden und einem fürchterlichen Drachen schlief sie ein. Ich kam mir lächerlich vor.

*PS:* Ich habe erst heute beim Durchblättern gemerkt, daß ich noch kein Wort über Nadia geschrieben habe. Ich liebe sie. Sie ist dreizehn und wohnt zwei Häuser weiter. Komisch, daß ich es meinem Tagebuch so lange verheimlichen konnte.

*15.6.*

»Wozu die Schule?« fragte mich mein Vater. »Es gibt viel zu viele Lehrer und Rechtsanwälte.«

Ich habe ihm gesagt, daß ich Journalist werden will. Er hat mich aber ausgelacht. Das sei ein Beruf für Nichtsnutze, die den ganzen Tag im Café sitzen und nur Lügen verbreiten. Er will keinen Sohn haben, der wie ein Vagabund herumläuft und den Leuten das Wort im Munde herumdreht und unanständige Dinge über sie schreibt. Er sagt, wir seien Christen, das müsse mir in den Kopf gehen. Ich hätte nur eine Chance, wenn ich Mohammad oder Mahmud heißen würde. Als ich ihn fragte, warum, meinte er mit trauriger Stimme, daß ich das eines Tages auch noch lernen würde.

Nadia sagt, sie würde lieber einen Journalisten heiraten als einen Bäcker, aber niemals wird sie jemanden lieben, der im Geheimdienst arbeitet.

*17.6.*

Mensch, war das ein toller Abend bei Onkel Salim! Der alte Mann hat in seinem langen Leben so viel erlebt. Eines Tages werde ich über ihn ein Gedicht oder eine ganz lange Geschichte schreiben.

Ich habe beschlossen, meine Gedichte in ein schönes Heft einzutragen. Die Zettel verliere ich immer wieder.

*19.6.*

Meine Mutter sagt, Onkel Salim lügt, aber ich wünschte, die Lehrer würden auch lieber lügen und dafür so spannend erzählen wie Onkel Salim.

*21.6.*

Schon wieder hat Josef der Nadia schöne Augen gemacht, obwohl er genau weiß, daß sie meine Freundin ist. Ein fieser Kerl! Ich weiß, was ich machen werde. Heute kann er mir noch mal erzählen, was in der Kirche los war, aber nächsten Sonntag, wenn ich dran bin, wird er sich wundern! Ich erzähl ihm einfach das falsche Evangelium!

*27.6.*

So ein Mist, der Lehrling Mustafa ist abgehauen. Das habe ich geahnt. Im Sommer hält es auch kein Schwein in der Bäckerei aus. Heute mußte ich also dort arbeiten, Brote von dem Vorsprung am Ofen nehmen und sie im Regal aufschichten. Mein Vater war sehr nett zu mir. Das ist er ja immer, wenn ich in der Bäckerei helfe. Aber ich kann diese Arbeit nicht ausstehen. Die dampfenden Brote verbrennen einem die Hände, bis man nach einer Weile nichts mehr spürt. Jetzt sind meine Handflächen rot und geschwollen. Und es war vielleicht langweilig!

Aber dann ist doch noch was Lustiges passiert. Ich hab fast in die Hosen gemacht vor Lachen. Ich sollte unserem Gesellen helfen, der schon am Nachmittag den Sauerteig für den nächsten Morgen vorbereitete. Ein geschniegelter älterer Kunde in dunklem Anzug nörgelte an dem Brot herum, das er gestern bei uns gekauft hatte. Es sei knochenhart gewesen. So was kann mein Vater natürlich nicht auf sich sitzen lassen, und er stritt deshalb eine Weile mit ihm herum. Dann entschuldigte er sich aber höflich und versprach, daß so etwas nicht noch einmal passieren würde. Aber der Kunde regte sich immer mehr auf und ließ meinen Vater nicht in Ruhe seine Einnahmen ausrechnen. Ich war in der Zwischenzeit über die aufgestapelten Mehlsäcke geklettert und wollte den obersten Sack langsam herunterlassen, damit der Geselle ihn auffangen konnte. Ich hielt das blöde Ding zwar an den Spitzen fest, aber so ein Sack wiegt gut seine fünfzig Kilo, und der hier war so prall gefüllt, daß er mir glatt aus den Händen rutschte. Ich krallte meine Finger noch an den Nähten fest und versuchte vergeblich, ihn festzuhalten. Der Geselle sprang zurück, und in dem Moment platzte der Sack auf. Das Mehl ergoß sich wie ein Wasserfall über den Kunden. Mir stieg die Mehlwolke in die Nase, und ich bekam das ekelhafte Zeug in die Augen. Mein Vater hustete und überschüttete uns mit den deftigsten Schimpfworten. Der Mann stand regungslos wie eine Gipsfigur da, und so sah er auch aus. Als mein Vater sich zu ihm umdrehte und ihn anschaute, brach er in lautes Lachen aus.

Der Geselle macht das Ganze noch schlimmer. Er eilte zu

dem Kunden, der immer noch sprachlos dastand, und klopfte ihm mit seinen teigigen Fingern den Anzug ab. »Das haben wir gleich, Herr, das haben wir gleich«, beruhigte er ihn.

Wenn ich mir das Bild vorstelle: der gute Anzug voller Mehl und die klebrigen Abdrücke von den Händen – ich könnte gleich wieder loslachen. Der Kunde fand das allerdings gar nicht witzig. Er stürmte fluchend aus der Bäckerei.

Hoffentlich findet mein Vater bald einen Lehrling. Ich kann die Arbeit nicht ausstehen.

Im Heft sehen die Gedichte viel schöner aus.

*29.6.*

Heute hat der Geselle, der am Ofen arbeitet, gesagt, Bäcker kämen alle in den Himmel. Als ich ihn fragte, wieso, hat er lachend geantwortet: »Die Hölle haben wir schon auf Erden.« Ob er diese Arbeit genauso haßt wie ich?

*30.6.*

Gott sei Dank! Ich brauche nicht mehr in die Bäckerei zu gehen. Mein Vater hat endlich wieder einen Lehrling.

Heute ist unter den Nachbarn ein Streit ausgebrochen. Josef schlug beim Ballspielen die Fensterscheibe von einer Nachbarin ein. Die Frau von dem Blumenverkäufer Nuri beschimpfte ihn und seine Familie. Schon nach ein paar Minuten stritten sich die ganzen Nachbarinnen über alles mögliche, die Fensterscheibe war schon längst vergessen. Nach einer Stunde saßen dann alle bei meiner Mutter und tranken einträchtig Kaffee.

*3.7.*

Leila können wir nicht mehr reinlegen. Früher haben wir sie zu Onkel Salim geschickt mit dem Auftrag, er solle auf seine Gazelle aufpassen. Onkel Salim hat immer überrascht getan und zu Leila gesagt: »Nanu, ist sie schon wieder weggelaufen? Komm, wir suchen sie gemeinsam, aber bevor wir sie suchen, erzähle ich dir ein Märchen. Ja?« Und Leila hat gespannt die Geschichte angehört und uns und die Gazelle vergessen, und wir hatten Ruhe, um unser Kartenspiel genußvoll zu Ende zu spielen.

Heute sagte sie, als ich sie wieder losschicken wollte: »Onkel Salim hat nie eine Gazelle gehabt.« Sie setzte sich trotzig neben Josef, der sowieso keine kleinen Mädchen leiden mag, und schaute ihm in die Karten. Plötzlich rief sie: »Du hast ja drei Könige, aber warum hast du nur zwei Buben? Hm?«

Josef konnte gleich seine Karten hinschmeißen. Er knurrte Leila an, und sie heulte, bis Josef ihr einen Groschen gab. Da wechselte sie hinüber zu Mahmud. Aber Mahmud weiß, wie er mit Leila umgehen muß. Er knutscht sie, und das kann sie auf den Teufel nicht ausstehen. Sie quietschte, wischte sich angeekelt die Wange ab und rannte davon.

5.7.

Unsere Nachbarinnen lesen gerne am Nachmittag im Kaffeesatz. Das ist eine tolle Sache. Manche glauben, daß man dadurch die Zukunft voraussagen kann. Ich finde es lustig. Am schönsten macht es jedoch meine Tante Warde. Sie ist dabei so hingebungsvoll und ernst, daß wir lachen müssen. Sie verzieht aber keine Miene und redet todernst weiter. Die verzwicktesten Dinge bezieht sie mit ein, und nach einer Weile verwandelt sie den Raum in eine Märchenlandschaft. Wir lauschen gespannt und hören auf, blöde Kommentare dazwischenzuwerfen. Sie berichtet vom Glück und vom Unglück, das auf uns zukommen wird. Ihre Stimme wechselt zwischen Trauer, Sorge und Freude. Das schönste aber ist, daß man bei Tante Warde nie sicher ist, wie die Wahrsagung endet. Sie verpflichtet sich, im Gegensatz zu den anderen Frauen, nie zu einem Happy-End.

*7.7.*
Heute habe ich ein Gedicht über einen Baum geschrieben, der nicht weiß, was er werden soll. Er bekommt verrückte Blätter, mal wie ein Mond oder wie Schwalben, weil er alles so aufregend findet. Seine Nachbarn lachen ihn aus.

*10.7.*
Was ist ein Gefängnis im Vergleich zur Bäckerei? Mein Vater arbeitet jetzt seit über dreißig Jahren dort ohne Unterbrechung. Nur an seinem Hochzeitstag und bei meiner Taufe hat er sich einen freien Tag genommen. Selbst bei der Taufe meiner kleinen Schwester Leila ist er in der Bäckerei geblieben. Jeden Tag steht er um vier Uhr morgens auf und arbeitet bis fünf Uhr nachmittags. Wenn er heimkommt, wäscht er sich, ißt und schläft. Nach ein paar Stunden wacht er wieder auf, unterhält sich mit uns ein wenig, geht zum Friseur, wo die Männer sich treffen, und kommt dann bald wieder nach Hause. Er ißt und legt sich wieder schlafen. Nie ist er nach zehn Uhr wach.

Tag für Tag, ob im Sommer oder im Winter, er wacht immer um vier Uhr auf, ohne Wecker. Ich möchte mal wissen, wie er das macht. Ich komme nie aus dem Bett, wenn meine Mutter mich nicht dreimal weckt. Ich hab ihn einmal deswegen gefragt, und er hat gemeint: »Wenn du dreißig Jahre lang um vier Uhr aufstehst, dann steckt dir das tief in den Knochen. Du wachst durch eine innere Klingel auf. Sie ist zuverlässiger als Schweizer Uhren.« Ihm macht das vielleicht Spaß, aber es ist kein Leben für mich.

*11.7.*
Heute habe ich nachmittags um zwei Nadia gesehen. Sie hat mir wie immer zugelächelt, aber ich hab mich wieder mal nicht getraut zurückzulächeln. Ihr Vater stand in der Nähe.

Nicht nur ich habe Angst vor ihrem Vater. Die ganze

Straße scheint ängstlicher geworden zu sein, seit er mit seiner Familie hierhergezogen ist. Er ist ein Geheimdienstler. Jeder weiß das. Er trägt zwar Zivilkleidung, aber man sieht genau die Pistole unter dem dünnen Sommerhemd. Er könnte sie genausogut offen tragen, uns kann er damit nicht foppen.

*PS:* Was soll ich in diesem Sommer arbeiten? Letztes Jahr habe ich bei einem geizigen Goldschmied gearbeitet, im Sommer davor als Straßenhändler. Ich habe Süßigkeiten verkauft. Mein Vater braucht mich in den Ferien nicht in der Bäckerei (Gott sei Dank), aber ich muß mein Taschengeld jetzt im Sommer verdienen, sonst wird der Winter schlimm. Ich will nicht ganz auf dem trockenen sitzen. Bei den Schlossern in unserem Viertel hätte ich gerne einen Job gekriegt, aber kein Schwein braucht zur Zeit einen Laufburschen.

*12.7.*

Nach mehreren Schwächeanfällen, mir war schwindlig und schlecht, ist meine Mutter mit mir zum Arzt gegangen. Er hat mir Blut abgenommen. Am nächsten Mittwoch sollen wir noch mal kommen.

*15.7.*

Pfarrer Michael war ein guter Mensch. Er wurde heute des Landes verwiesen, weil er sich bei einer Schlägerei mit der Polizei eingemischt hat. Die Polizei war in der Morgendämmerung ausgerückt, um zwei Behausungen der Armen abzureißen. Der Pfarrer hatte davon Wind bekommen und deshalb bei einer der Familien übernachtet. Als die Bullen ihre Knüppel einsetzten, hat sich der Pfarrer vor die Leute gestellt und sie in Schutz genommen. Ab und zu habe ich ihn auf seinem alten Fahrrad gesehen. Er war oft in Eile und trug zerschlissene, alte Klamotten. Er grüßte uns immer lächelnd. Mein Vater kannte ihn besser, und er war heute sehr traurig, weil dieser tapfere Mensch unser Viertel verlassen mußte.

*Mittwoch*

Ich habe eine angeborene Mittelmeeranämie. Ich habe das nicht verstanden und den Arzt gefragt, was das für eine komische Krankheit sei. Er beruhigte mich und sagte, das sei eine harmlose Blutarmut. Meine Mutter wurde blaß. Sie schwor dem Arzt, daß wir mindestens zweimal im Monat Fleisch essen. Das sei erblich, erklärte er, und die Krankheit heiße so, weil sie nur bei Arabern, Juden und Türken anzutreffen sei. Ich soll jedoch mehr Fleisch essen.

Meine Mutter kratzte daraufhin ihre Reserven zusammen und kaufte zweihundert Gramm Hackfleisch für mich, mischte es mit Gewürzen und machte daraus mehrere Kebabspieße. Leila meckerte schon beim Braten, sie hätte auch Blutarmut. Sie sei schließlich meine Schwester. Als meine Mutter mir die Spieße brachte, schaute Leila mich mit großen Augen an. Ich konnte keinen Bissen herunterkriegen. So teilte ich die Spieße unter uns auf, für jeden zwei, und schwor, nichts anzufassen, bis meine Mutter auch ihre Portion aß.

Onkel Salim hat mir erzählt, woher diese Krankheit kommt: »Wenn die Menschen jahrzehntelang hungern, dringt die Armut in ihre Knochen ein, und dort wird das Blut gemacht. Da helfen keine Kebabspieße für einen Tag. Die Menschen müssen jahrhundertelang satt werden.« Das steht, wie er sagt, schon in der Bibel.

*18.7.*

Ali verdient sein Geld seit Jahren durch die Touristen. In der Schule ist er sehr schlecht. Nur im Englischen schneidet er am besten ab. Er hat im letzten Sommer allein dreihundert Lira verdient. Soviel kriege ich noch nicht mal in zehn Jahren zusammen. Er macht es ziemlich raffiniert. Meine Mutter sagt, ich solle lieber vor den Kirchen und Moscheen betteln gehen, als die Touristen anzumachen. Denn das würde nur meinen Charakter verderben. Das glaube ich zwar nicht, aber ich schäme mich, Fremde anzusprechen. Ali sagt, sie seien ihm dankbar, daß er ihnen einige Orte zeigt und daß er ihnen billigere Ware und Hotels organisieren kann. Er hat auch viele Adressen und bekommt von den Touristen ab und zu eine Karte. Bei allem, was sie kaufen, verdient er mit (etwa zehn Prozent), aber er muß manchmal schnell wegrennen, wenn die Touristenpolizei auftaucht, denn das sieht sie nicht gern.

*20.7.*

Vor fünf Tagen hat mir Onkel Salim geholfen, eine Stelle beim Tischler Ismat zu finden. Ich mag Holz. Ismat ist ein merkwürdiger Kerl. Seine Werkstatt glich einer Müllhalde, als ich bei ihm anfing. Zwei Tage habe ich gebraucht, um sie aufzuräumen. Nun ist die Arbeit leichter geworden, aber Ismat meckert dauernd, daß er wegen der Ordnung, die ich geschaffen habe, nichts mehr findet. Er meckert aber nie, wenn ich stundenlang nichts tue. Er arbeitet sehr langsam und singt dabei. Das ist auch sonderbar. Wenn er morgens in den Laden kommt, fängt er mit irgendeinem Lied an, und er wiederholt es den ganzen Tag. Zehn Stunden lang summt und singt er nur diese eine Melodie und immer dieselben Worte. Tagelang hat er an einem kleinen Tisch für einen Bauern gearbeitet, und am Ende war er sehr zufrieden mit sich und seinem Werk. Er mag den Tee, den ich für ihn koche, und läßt mich auch davon trinken, aber er wird sauer, wenn ich einen Nagel zuviel verhaue.

Nur eine Kundin geht mir auf den Geist. Sie kommt jeden Tag und fragt nach dem Schlafzimmer für ihre verlobte Tochter. Ismat vertröstet sie jedesmal aufs neue. Ich habe bis jetzt noch nichts von einem Schlafzimmer gesehen. Ismat hat aber heute der Frau versprochen, daß sie nächste Woche das herrliche Zimmer bekommen werde.

*21.7.*

Josef hat es satt, wie in den vergangenen Sommern auf der Baustelle zu arbeiten. Er will es Ali nachmachen und auf Touristenjagd gehen. Ali hat ihm das Notwendigste beigebracht und ihn zwei Tage lang mitgenommen. Jetzt redet Josef nur noch davon, wie leicht das Geld zu verdienen ist. Er verehrt aber, im Gegensatz zu Ali, die Touristen nicht. Er hält sie für strohdumm. Mahmud und ich haben ihn heute aufgezogen. Wir haben ihn auf englisch angesprochen, als wir ihn in Begleitung einer alten, aufgetakelten Amerikanerin trafen. Er wurde ganz rot.

Josef und sein miserables Englisch! Ich hab ihn vorhin gefragt, wie er das überhaupt macht.

»Ja, glaubst du denn, die Touristen wollen was Gescheites wissen? Sie fragen bloß danach, wo was ist und wieviel es kostet. Das hat man in zwei Tagen.«

*25.7.*

Ich habe meiner Schwester heute die Schatzschatulle, die aus drei Schachteln besteht, fertiggebaut. Seit Tagen habe ich heimlich daran gearbeitet, ohne daß Ismat etwas gemerkt hat. In der Mittagspause habe ich sie ihr gebracht. Sie war begeistert.

Die Frau mit dem Schlafzimmer kam wieder und schrie Ismat an. Er beachtete sie überhaupt nicht und sang einfach weiter. Das Lied könnte für die Frau geschrieben sein: »Hab keine Sorge beim Bergaufgehen, alsbald kommt der

Gipfel, und dann ist es nur noch ein leichtes Herunterrutschen.«

Die Frau giftete ihn an, wenn er nächste Woche nicht fertig sei, würde sie ihm was vorsingen.

*30.7.*

Gott sei Dank haben wir seit fünf Tagen die Frau nicht gesehen. Mir ist es peinlich, daß Ismat sie belügt. Seit fünf Tagen arbeiten wir auswärts. Ein reicher Händler gab Ismat den Auftrag, eine kostbare Holztür in seinem schönen Haus zu restaurieren. Heute sind wir damit fertig geworden. Ein Meisterwerk. Ismat hat die Tür wirklich schön gemacht. Man merkt nicht, daß sie vorher beinahe auseinandergefallen wäre. Einige Stücke hat er mit der Hand geschnitzt. Die Frau und der einzige Sohn des Mannes stichelten dauernd, daß Ismat wohl eine ganze Pyramide und keine einfache Tür repariere. Ismat ließ sich aber Zeit und verlangte ununterbrochen Tee. Der Mann war aber so zufrieden, daß er Ismat viel mehr gab, als er verlangt hatte, und mir hat er auch noch fünf Lira in die Tasche gesteckt. (Bei Ismat verdiene ich in der ganzen Woche nur vier!)

*1.8.*

Heute ist es passiert! Ich wußte doch, daß es nicht gutgehen würde.

Eine unglaubliche Geschichte: Die Frau kam gegen zehn Uhr vormittags. Sie verlangte von Ismat entweder das fertige Schlafzimmer oder die dreihundert Lira Vorschuß zurück. Ismat machte sich lustig über sie und sang sein Lied vom Bergauf- und -abgehen. Da wurde die Frau wild. Sie nahm den angewärmten Leimtopf, kippte ihn über Ismats Kopf und drohte, sie werde ihm jeden Tag einen Leimtopf übergießen, bis das Schlafzimmer fertig sei, und schwirrte wütend ab. Ismat setzte sich ruhig auf einen Stuhl und sagte, ich solle die Polizei holen. Er tat so, als würde er den Leim gar nicht bemerken, der langsam von seinem Kopf über die Schulter in den Schoß und auf den Boden tropfte. Ich war verwirrt über sein Verhalten und rannte, so schnell ich konnte, zur Polizeiwache in der Nähe. Der diensthabende Offizier aber war sehr beschäftigt und ließ mich über drei Stunden warten. Als er sich die Geschichte angehört hatte, wollte er mich hinausschmeißen, ich schwor aber, daß ich keine Witze mache. Als wir endlich in der Werkstatt ankamen, war der Leim getrocknet, und Ismat saß noch immer auf dem Stuhl. Der Offizier starrte ihn sprachlos an, als würde er ein Männchen vom Mars anblicken, dann klopfte er mit dem Finger auf das Zeug, das wie ein Sturzhelm Ismats Kopf überzog, und murmelte: »Hart, hart!«

»Herr Offizier! Die Frau hat mich in meiner eigenen Werkstatt angegriffen!« jammerte Ismat.

»Und warum, wenn du mir die Frage erlaubst? Hm?« schrie der Offizier.

»Weil das Holz fürs Schlafzimmer noch nicht angekommen ist.«

»In diesem Land wird man am besten verrückt, nur dann wird man glücklich!« stöhnte der Offizier. Er schlug mit der Faust auf den Tisch. »Die Regierung läßt das Holz im Hafen morsch werden. Die Tochter heiratet nicht ohne das besondere Schlafzimmer. Ich verbringe einen halben Tag mit einem besoffenen Touristen, der mitten in die Moschee gekotzt hat. Ich darf ihn aber nicht ohrfeigen, weil er aus einem befreundeten Land kommt. Die Frau kippt ihm den Leimtopf über die Birne, und der Depp läßt ihn trocken werden. Hast du Zeugen?«

Mir war das Ganze zu bunt, und ich dachte, nun sind sie beide verrückt geworden.

»Ja, der Junge bezeugt es«, antwortete Ismat ruhig.

»Aber er ist unter achtzehn, und seine Aussage gilt nicht«, widersprach der Offizier und fing an, in sein Heft zu schreiben. Ismat stand auf und versuchte, den Leim mit Wasser herunterzuwaschen. Es ging nicht.

»Mit einem Meißel solltest du es mal versuchen«, empfahl der Offizier giftig, erkundigte sich nach der Adresse der Frau und ging.

*2.8.*

Ismat kam heute mit einem Kopftuch zur Arbeit. Kein Ton war von ihm zu hören. Als seine Kopfbedeckung etwas verrutschte, sah ich, daß sein Kopf kahlrasiert war!

*3.8.*

Jetzt habe ich meiner Mutter fünf Lira gegeben und meiner Schwester eine. Sie haben mir aber beide nicht verraten, wofür sie das Geld haben wollten.

*4.8.*

Ich habe über fünfzehn Lira! Meine Mutter ist überglücklich, denn gestern habe ich ihr ein paar Strümpfe gekauft. Sie hat geweint vor Freude. So gute hat sie sich noch nie leisten können. Heute habe ich ihr ein Pfund Kaffee gebracht. Mein Vater trank nach dem Abendessen eine Tasse davon, und meine Mutter erzählte ihm stolz, daß ich ihn ihr geschenkt habe. Er schaute mich erstaunt an.

»Mein kleiner tüchtiger Tischler«, sagte er zu mir, bevor er schlafen ging.

*5. August*

Ich möchte mal wissen, was meine Mutter im Schilde führt. Sie scheint irgendwie eine Überraschung für mich zu planen. Immer, wenn ich zur Tür hereinkomme, rennt sie aus dem Zimmer, als wolle sie was verstecken.

*9.8.*

Nadia hat sich heute nicht blicken lassen. Ich habe sie seit zwei Tagen nicht gesehen! Als ich nach Hause kam, huschte meine Mutter wieder aus dem Zimmer. Aber ich habe blaue Stoffreste rumliegen sehen. Du lieber Himmel, ich ahne ihre Überraschung!

*11.8.*

Ich hatte recht! Meine Mutter ist vielleicht die beste Mutter der Welt, aber leider auch die schlechteste Schneiderin. Ein Pyjama soll das sein? Die Ärmel von der Jacke sind viel zu kurz, und das Ding spannt über dem Kreuz, daß ich darin hänge wie eine Vogelscheuche! Die Hose ist so weit, daß ich meiner Mutter sagte, sie habe wohl ein gutes Herz für Tiere. Diese Hose reicht für mich und einen Elefanten! Wir haben Tränen gelacht.

*15.8.*

Die Frau kam nie wieder. Sie ließ die Polizei wissen, daß sie auf den Vorschuß verzichte, wenn Ismat seine Anzeige zurückziehe. Heute wurde Ismat zur Wache vorgeladen. Als er zurückkam, lachte er triumphierend und sang. Seine Haare sind schon wieder etwas nachgewachsen.

*16.8.*

Die Augusttage in Damaskus sind unerträglich heiß. Am Tage erreicht die Temperatur manchmal zweiundvierzig Grad im Schatten. In der Nacht ist es so heiß, daß wir nicht schlafen können. Oft wache ich auf, weil das Bett sticht, als sei es mit Nägeln übersät. Ich setze mich wie viele andere auf die Terrasse, um auch die kleinste Brise zu erhaschen. Damaskus ist sehr ruhig in der Nacht, und in der Morgendämmerung riefen früher die Muezzins von Hunderten von Minaretten zum Gebet: »Allahu Akbar . . .« Heutzutage lassen sie den Kassettenrecorder vor den Lautsprechern laufen, und kleine Verzögerungen beim Einstellen der vielen Geräte lassen die Rufe hundertmal echoen. Manchmal schlafe ich auf der Terrasse und bekomme einen steifen Hals.

*17.8.*

Onkel Salim läßt sich nicht von den Touristen fotografieren. Irgendwie mögen ihn diese Idioten in seinem arabischen Gewand. Mit dem großen Schnurrbart sieht er furchterregend aus. Ich fragte ihn heute, warum er sein Gesicht mit seinen Händen verdeckt, wenn die Touristen ihre Kameras zücken. Er sagte, das habe er einmal erlaubt, und danach sei er sehr lange krank gewesen. Irgend etwas habe ihm die Kamera aus der Seele geklaut.

Na ja, der Onkel übertreibt manchmal ein bißchen.

*18.8.*

Heute waren Polizisten bei den Eltern von Ali. Sie haben die Wohnung durchwühlt, und einer hat so lange gewartet, bis Ali kam. Er nahm ihn zur Wache mit. Ein Tourist soll behauptet haben, Ali hätte ihm seine teure Kamera geklaut. Die Polizei hat Ali ganz schön vermöbelt, dann fand der Tourist seine bescheuerte Kamera in einer Bar. Ali konnte nach Hause gehen. Die Polizei ließ ihn ein Papier unterschreiben, daß er Touristen nicht mehr ansprechen wird. Ali aber ist gleich am Nachmittag wieder auf Jagd gegangen.

*20.8.*

Wie Josef sein Spielzeug so raffiniert aus einem Haufen Draht herstellt, ist mir schleierhaft. Aus zusammengebettelten Drahtresten baut er lenkbare Autos und Flugzeuge, Häuser, deren Fenster und Türen auf- und zugehen, richtige kleine Kunstwerke. Als ich zwei Kugellager vom Automеchaniker ergattern konnte, half mir Josef, ein lenkbares Rollbrett zu bauen. Heute habe ich aber Pech gehabt. Ich fuhr mit dem Brett, und es machte einen Höllenlärm. Aber ich war zufrieden und sang aus voller Kehle, bis eine Wespe mich in die Zungenspitze stach. Meine Zunge war so stark angeschwollen, daß ich kaum noch sprechen konnte. Meine Mutter lachte mich aus und sagte, sie wolle zwei Kerzen für die Wespenheiligen spenden, die endlich meinem Mundwerk und ihren Ohren Ruhe gegönnt hätten.

Jetzt tut mir die Zunge nicht mehr so weh, sie ist aber immer noch taub. Ein saudoofes Gefühl!!!

*22.8.*

Wir haben uns bei Mahmud getroffen. Seine Eltern sind zu irgendeiner Hochzeit gegangen. Es war seine Idee, unsere Freundschaft zu besiegeln. Er hat es in einem Film gesehen. Wir, die unzertrennlichen drei, wollen eine Bande gründen, die für die Gerechtigkeit kämpft. Mir gefällt diese Idee sehr. Wir haben auch schon einen Namen für unsere Bande: Schwarze Hand. Das war der Vorschlag von Josef. Wir haben uns Treue geschworen und verabscheuen jeden Verrat. Josef hat die Sprüche vorgesprochen, und Mahmud und ich haben sie im halb verdunkelten Zimmer wiederholt.

»Gegen wen sind wir?« fragte Josef und zückte seinen Kugelschreiber, den er sogar bei sich hat, wenn er im Pyjama ist. Ich wollte nicht unbedingt gegen jemanden sein. Josef aber meinte, eine Bande sei immer gegen jemanden, sonst sei sie keine! Wir einigten uns auf den Geheimdienstler und den Lebensmittelhändler, der unsere Mütter andauernd betrügt.

*24.8.*

Wir trafen uns gestern bei Josef und setzten den ersten Brief auf. »Die Schwarze Hand warnt dich! Noch eine Anzeige gegen einen Bewohner dieser Straße, und du bekommst es mit uns zu tun, du Schnüffler!«

Dieser Text sollte ihm genügend Respekt einjagen, daß er uns endlich in Ruhe läßt! Aber ausgerechnet ich soll das Papier an seine Tür heften. Ich wollte nicht, weil es ja Nadias Vater ist und weil ich sie gerne mag, aber die anderen sagten: »Erst kommt die Gerechtigkeit, dann die Liebe.« Mahmud wollte eigentlich nachgeben, weil er weiß, wie wichtig mir Nadia ist, aber Josef bestand erst recht darauf. Jeder von uns solle seinen Mut beweisen, sagte er.

»Ich bin nicht feige, ich werde es tun«, schrie ich und rannte nach Hause. Aber ich konnte die ganze Nacht nicht schlafen, und heute bin ich auch nicht zu Ismat gegangen. Den ganzen Tag lang war ich mißmutig. Wie soll ich das Nadia erklären, wenn sie davon erfährt? Heute nacht ist der letzte Termin, sonst werde ich wegen Feigheit aus der Schwarzen Hand ausgeschlossen. Das gefaltete Papier habe ich in meiner Hosentasche, es ist so heiß, als wäre es aus Feuer. Vielleicht wird Nadia mir verzeihen.

*26.8.*

Gestern nacht habe ich den Zettel an die Tür geklebt. Josef ist danach vorbeigegangen und hat gesehen, daß der Auftrag erledigt worden ist. Aber er hat sich ziemlich lange vor Nadias Haus herumgetrieben. Ich möchte wissen, was er da noch wollte.

Heute morgen war der Zettel weg. Hat der Geheimdienstler ihn gelesen? Ich habe versucht, Nadia nicht zu nahe zu kommen, aber ich habe mich in Grund und Boden geschämt.

Josef und Mahmud haben mir zu meinem Mut gratuliert.

*27.8.*
Nadia sagte, ihr Vater habe das Papier gelesen und vor Wut geschäumt. Er denkt, es sei von einer Untergrundorganisation. Nadia weiß auch nicht, wer es war, aber sie scheint die Wut ihres Vaters zu genießen. Wir haben diese Nachricht in der Bande gefeiert. Mahmud wollte eigenhändig noch einen zweiten Zettel anbringen, auf dem nur das Wort »Warte!« steht, aber Josef und ich haben es abgelehnt. Wir wollen erst mal sehen, was passiert.

*31.8.*
In den letzten Tagen ging es hier in der Straße drunter und drüber. Ich bin gar nicht zum Schreiben gekommen. Der Geheimdienstler ist regelrecht durchgedreht. Er hat dem Gemüsehändler erzählt, daß jetzt Experten die Tinte und die Schrift analysieren. Ich habe ganz schön Angst bekommen, aber Josef hat mich beruhigt. Er sagte, er wisse, daß der Schnüffler gar keine Ahnung hat. Und bei meiner schönen Schrift denke man automatisch an einen Erwachsenen und nicht an ein Kind von vierzehn Jahren. Ich habe davon geträumt, daß starke Polizeitruppen die Straße umzingeln und daß ich mit gebundenen Händen und weit offenem Hemd durch die Straße geführt werde. Die Bewohner winken mir mit ihren Taschentüchern zu, und als ich an Nadia vorbeigehe, läuft sie auf mich zu und wirft sich mir schluchzend an den Hals. Der Lastwagen, der mich zum Gefängnis fahren soll, steht am Ende der Straße. Die Wächter zittern vor Angst, denn plötzlich taucht Onkel Salim auf einem Schimmel auf. Hinter ihm reitet ein kräftig aussehender Bursche auf einem Rappen. Er ist bestimmt einer seiner Räuber.

Heute weiß ich nicht, ob ich das wirklich geträumt oder gedacht habe.

*1.9.*
Ich habe heute einen schönen Lampion aus einer Orange gebastelt. Ich habe das Fruchtfleisch herausgenommen, dann kleine Fensterchen in die Schale hineingeschnitten und eine Kerze reingesteckt. Das Licht leuchtet aus den Poren wie aus Tausenden von kleinen gelblichen Lämpchen.

*3.9.*
Wir haben alle Jungen geprüft, ob sie in unsere Bande passen, und fanden, daß Ali der einzige ist, der in der nächsten Zeit in Frage kommt.

*4.9.*
Habe Ali angesprochen, ob er in die Schwarze Hand will. Er hat mich ausgelacht, er sei Touristenfänger und kein Bandit, aber er könne uns einen Auftrag geben. Georg hat drei Lira von ihm gepumpt und verleugnet es nun. Wenn wir ihn verdreschen und die drei Lira holen, springt eine davon für uns raus. Josef war begeistert über die Verbesserung unserer Finanzen und wollte den Auftrag übernehmen, aber Mahmud und ich sind dagegen. Was Georg mit Ali macht, geht uns nichts an. Wir sind eine Gerechtigkeitsbande und keine Bullen.

*5.9.*
Nadia hat an der Straßenecke auf mich gewartet. Sie gefällt mir immer besser.

*7.9.*
»Warum läufst du immer weg?« hat mich Nadia gerade gefragt. Vor ein paar Tagen hat sie auch auf mich gewartet, und ich bin an der Ecke an ihr vorbeigelaufen. Sie hat so lieb gelacht! Wenn sie nur einen anderen Vater hätte!

*9.9.*

Nadia will, daß wir uns heimlich treffen. Ich habe ihr gesagt, ich hätte keine Lust. Ich kann ihr doch nicht sagen, daß ich vor ihrem Vater Angst habe!

*11.9.*

Mein Alter nörgelt seit Tagen über das schlechte Mehl.

Onkel Salim hat heute einen schönen Satz gesagt. Als er irgend etwas aus seiner Jugend erzählte, lästerte Josefs Mutter, die bei uns im Hof saß und ihre Kartoffeln schälte, über ihn. Sie sagte, er übertreibe. »Du meinst wohl, ich lüge?« fragte er gelassen. »Aber die Lüge ist die Zwillingsschwester der Wahrheit. Sobald die eine auftritt, sieht man die andere, man braucht bloß gute Augen zu haben.«

Die Frauen kicherten blöd, aber sie haben ihn nicht verstanden. Ich habe ihn kapiert. Ein toller Satz.

*13.9.*

Diesem Mahmud entgeht auch nichts. Heute habe ich Nadia schnell über den Kopf gestreichelt, und sie wurde rot. Mahmud, der Gauner, kam zu mir. Er hätte alles seit langem gemerkt, und wenn ich so weitermachen würde, könnte er meiner Verlobung im Knast beiwohnen.

*15.9.*

Mahmud stellt immer Fragen! Heute haben wir einen tollen amerikanischen Krimi gesehen. Mahmud war danach irgendwie genervt. Als ich ihn nach dem Grund fragte, sagte er: »Ist dir nicht aufgefallen, daß alle Verbrecher schwarze Haare haben, dunkle Typen sind und häßlich aussehen? Warum ist das so? Warum ist nie ein blonder Schönling ein Verbrecher? Da wären die Filme spannender!

So weiß ich nach fünf Minuten, wer den Mord begangen hat, und der Detektiv ist so dumm, daß er zwei Stunden dafür braucht.«

*17.9.*

Mann, war das heute vielleicht peinlich vor den Nachbarn! Der Müller stand vor unserer Tür und schrie laut nach meinem Vater. Meine Mutter mußte ihm sagen, daß er nicht zu Hause sei. Er glaubte ihr das nicht so recht und sprach so mit ihr, als würde mein Vater mithören. Er hat gedroht, kein Mehl mehr zu liefern, wenn er nicht bis zum nächsten Dienstag sein Geld bekommt.

Nadia findet mein Gedicht über den fliegenden Baum sehr schön. Ich konnte es ihr aber nicht schenken, wegen der Schrift. Ihr Vater müßte es nur einmal in die Hand bekommen!

*18.9.*

Wahrscheinlich werde ich die Schule nie wiedersehen. Mein Alter hat beim Abendessen gesagt, er schafft es nicht mehr allein und wozu er schließlich einen Jungen in die Welt gesetzt hat, wenn dieser ihm nicht hilft. Ich will aber nicht in die Bäckerei, koste es, was es wolle.

Als mein Vater dann laut wurde, kam Onkel Salim zu uns hoch. Er sagte, er wolle mich, seinen Freund, besuchen. Meine Mutter freute sich über den Besuch, denn mein Vater hat große Achtung vor ihm. Toll, Onkel Salim schämt sich nie meiner Freundschaft, auch wenn mein Vater mich in seiner Wut zu den schlimmsten Gaunern zählt. Wie oft wünsche ich, daß dieser Mann nie sterben soll.

*20.9.*

Heute hatte ich eine gute Idee. Ich wollte, daß die Schwarze Hand meinem Vater einen Drohbrief schreibt, damit er mich nicht aus der Schule nimmt. Mahmud schrieb einen kurzen Text:

»Lieber Herr! Wir haben nichts gegen Dich, aber Du darfst Deinen klugen Sohn nicht aus der Schule nehmen. Das ist gegen den Willen unserer Bande, und bei aller Liebe müssen wir Dich davor warnen!«

Ich fand den Text ziemlich blöd. Es klang, als ob wir meinen Alten zu einer Feier einladen würden! Ich schlug vor, die Worte kräftiger zu wählen und richtig zu drohen, aber Mahmud lehnte ab. Er achtet meinen Vater mehr als seinen eigenen Erzeuger.

Josef mokierte sich über das Wort »klug«. Ich weiß, Josef kann es nicht verkraften, daß ich der Klassenbeste bin. Ich habe ihm auf den Kopf zu gesagt, daß er ja nur neidisch ist. Wir haben uns ganz schön gestritten.

»Das ist doch eine Scheißbande«, schrie er, »wenn sie nur die Familienprobleme ihrer Mitglieder lösen soll!« Er trat aus.

Ich habe auch die Nase voll. Noch nicht mal ihre eigenen Mitglieder will sie schützen! Mahmud sagte, wir könnten austreten. Er würde alleine weitermachen. Wir lachten ihn aus.

Komisch, wir sind die besten Freunde, aber unsere Bande hat noch nicht einmal einen Herbst überlebt. Wie machen es nur die Erwachsenen?

*21.9.*

»Die Moscheen sind aus Marmor, und unsere Hütten zerfallen und werfen ihren Lehm auf unsere Köpfe. Die Sonne spielt auf den Höfen der Moscheen, und die Menschen ersticken in feuchten dunklen Löchern.« Mahmud erzählte mir wütend von seinem Onkel, der ein Zimmer mit seiner Familie bewohnt. Es hatte nur ein einziges Fenster, das auf einen freien Platz schaut und der Familie etwas Licht und frische Luft spendet. Nun ließ ein reicher Scheich aus Saudi-Arabien eine Moschee errichten. Die hohen Mauern des neuen Gebäudes wurden so dicht an die Häuser gebaut, daß alle Fenster zu dem Platz hin versperrt wurden. Die Proteste der Nachbarschaft halfen nichts, denn die Freunde der Scheiche sind mächtig.

Seit einem Jahr geht der Onkel nicht mehr in die Moschee.

*22.9.*

Schön und manchmal komisch preisen die Straßenhändler ihre Ware an. Die Meister unter ihnen sind die Obst- und Gemüsehändler.

»Jedem Biß folgt ein Schluckauf! Quitten!«

»In euch nistet der Tau, ihr Feigen!«

»Meine Tomaten schminkten sich ihre Wangen und gingen spazieren!«

»Die Bienen werden blaß vor Neid! Honigmelonen!«

Nur der Estragon, den wir jeden Tag billig und frisch auf dem Mittagstisch haben, schneidet schlecht ab.

»Estragon, du Verräter!«

Warum Verräter? Ich fragte meine Mutter, und sie sagte, daß Estragon nicht nur dort wächst, wo man ihn pflanzt, sondern daß er durch die Erde kriecht und im Feld der Nachbarn auftaucht.

Alle Verkäufer übertreiben. Sie scheinen ihre Früchte nicht nur sorgfältig zu behandeln und zu pflegen, sondern gar persönlich zu kennen. Manche übertreiben maßlos, was sie alles für ihre mickrigen Kopfsalate in den Boden gesteckt hätten.

Der Fischverkäufer ist der Meister der Übertreiber. Er

erzählt immer wieder, was für große Fische er einst aus dem fernen Meer herausgeholt hat. Onkel Salim ärgert sich nur, wenn er zu penetrant wird.

»120 Kilo und 150 Gramm hat der Fisch gewogen!« erzählte der Fischverkäufer. Dann ärgern nicht die 120 Kilo den alten Freund, sondern die lächerlichen 150 Gramm!

»Das glaube ich nicht!« sagt er dann. »Er hat höchstens 120 Kilo und 10 Gramm auf die Waage gebracht!« Und die beiden alten Käuze streiten lange darüber.

*25.9.*

Einem Touristen haben wir es heute gegeben. Er kam mit seiner Frau durch unsere Straße geschlendert und wollte uns fotografieren. Wir waren eine Meute von zehn Kindern, und wir grinsten in die Kamera. Er knipste mehrmals, und der dicke Georg tollte wild mit Hassan herum. Das gefiel dem dummen Heini, und er wollte noch mehr davon. Er zückte einen Dollarschein und sagte zu Georg, er solle Hassan dafür zu Boden werfen. Georg, der kein Wort Englisch versteht, verstand beim Anblick des grünlichen Scheines sofort, was der Typ wünschte. Für einen Groschen wirft er sogar seine Mutter zu Boden! Er wollte gleich wieder auf den schmächtigen Hassan springen, aber Josef war schneller. Er hielt Georg am Hals fest und schrie dem Touristen auf englisch zu: »Nein! Ich gebe dir zwei Dollar, wenn deine Frau dich ohrfeigt. Ich fotografiere!«

Er stürzte sich auf die Kamera des Mannes. Seine Frau lachte herzlich. Ich übersetzte Georg, warum der Mann so entsetzt schaute. Das gefiel sogar diesem Dummkopf, er rammte dem Mann den Ellbogen in die Seite und rannte davon. Der taumelte in unsere Mitte und hatte große Schwierigkeiten, unsere schmutzigen Hände von seiner Kamera und den Hosentaschen fernzuhalten. Fluchend rannte er die Straße hinunter.

*26.9.*
Georg hat mich heute um meinen Wochenlohn gebracht (ganze vier Lira). Dieses fiese Schwein! Mein Geld und der Traum von einem Kinobesuch sind hin. Ich stand vor unserer Tür und schwärmte ihm von dem Film vor, den ich mir ansehen wollte.

»Willst du dein Geld verdoppeln?« fragte er mich plötzlich.

»Was für eine Frage! Sicher!« sagte ich Idiot.

»Da ist doch dieser Toni, der Sohn von dem Frauenarzt, der gerne wettet und viel Geld hat. Bündelweise hat er die Scheine in der Tasche, und was macht ihm der Verlust einer Lira aus? Hm? Gar nichts. Ein dummer Junge. Er wettet, daß er alle Spielkarten errät, ohne sie anzufassen. Neue Karten kauft er beim Händler vor deinen Augen. Du mischst sie, und er schaut den Haufen an und sagt dir zehnmal hintereinander die Karten. Und es stimmt immer, behauptet er.«

»Und was ist, wenn es nicht stimmt?«

»Wenn er einen Fehler macht, gewinnst du. Ich weiß auch nicht, entweder spinnt er, oder es stimmt doch, was die anderen sagen«, flüsterte dieser miese Kerl, der genau wußte, wie er mich drankriegen konnte.

»Was sagen die anderen?« fragte ich neugierig.

»Sein Vater gibt ihm Röntgentabletten, mit denen seine Augen sogar durch Wände schauen können.«

»Quatsch! Aber sag mal, warum verdoppelst du dein Geld nicht?«

»Ich habe ja nur ein paar Groschen, und Toni will keine Wette unter einer Lira annehmen«, sagte er.

»Gut, laß uns gehen!« Ich war neugierig auf diesen Idioten geworden.

»Aber was springt für mich dabei raus? Ich habe dir ja davon erzählt. Drei Groschen für jede gewonnene Lira?«

»Ein Groschen. Mehr ist nicht drin. Ich setze ja schließlich mein Geld ein.«

Georg akzeptierte, und wir gingen in die Olivengasse. Da stand das fette Nilpferd am Rande eines kleinen Spielplatzes. Er wollte aber nicht spielen. Er habe dreimal verloren, sagte er, und nun keine Lust mehr. Georg flehte ihn an, und Toni willigte unter der Bedingung ein, daß ich die neuen Spielkarten bezahle. Ich dachte mir, was macht das schon aus, wenn ich gewinne. Also ging ich zum Händler um die Ecke und kaufte die Karten für eine Lira. So was Blödes wie mich gibt's nur einmal. Ich könnte mich selbst in den Hintern treten. Kein Hammel auf der Welt wird so dumm sein und dem Metzger das Messer auch noch liefern. Ich öffnete die Schachtel und mischte lange, dann legte ich den Kartenstapel fein säuberlich auf die Stufe einer Treppe. Ich übergab Georg den Einsatz von einer Lira, und Toni zog ein dickes Bündel Scheine aus der Tasche und reichte dem Schiedsrichter Georg auch einen Schein.

»Ein Rücktritt von der Wette gilt als Verlust«, sagte Toni routiniert, schaute den Haufen an und flüsterte: »Dame.«

Ich drehte die Karte um, und es war tatsächlich die Dame. Noch mal konzentrierte sich das Nilpferd, und ich dachte, der Zufall wird ihm nun eine Ohrfeige für seinen Hochmut geben. Aber meine Finger wurden fast starr, als ich einen Buben umdrehte, genau wie Toni es vorausgesehen hatte. Zehnmal tippte er richtig, und ich verlor die Lira.

Ein Esel meidet die Grube, in die er einmal hineingefallen ist, aber ich? Ich tappte mit noch mehr Willen in die nächste Katastrophe.

Ich erhöhte den Einsatz auf zwei Lira. Toni bot mir an, neue Karten zu kaufen, da er aber die alten nicht einmal angefaßt hatte, wollte ich nicht. Ich vertrieb Georg von meiner Seite. Manche Menschen bringen Pech. Ich wollte es jetzt wissen und mischte gründlich, dann legte ich die Karten auf die Stufe, und Toni tippte wieder zehnmal richtig. Ich saß da wie gelähmt. Georg entschuldigte sich und verschwand, und Toni trottete zufrieden davon. Ich zitterte vor Wut. Auf Georg und vor allem auf mich. Langsam ging ich nach Hause. Unterwegs sah ich Georg ein dickes Eis schlecken. Er lächelte merkwürdig und schaute schnell weg.

Als ich Mahmud von den Röntgentabletten erzählte, lachte er mich aus, was für ein Idiot ich sei. Er erklärte mir, daß dieser Händler nur gezinkte Karten verkauft. Auf der Rückseite der Karten, im Wirrwarr der farbigen Muster, ist ein kleiner Hinweis, der sagt, was für eine Karte es ist. Mahmud hatte solche Karten, und nach kurzer Zeit wußte ich die dreizehn verschiedenen Zeichen voneinander zu unterscheiden. Mahmud wollte noch am heutigen Abend den Georg verdreschen, aber nach einer Weile entwickelten wir einen besseren Plan. Einen ganz teuflischen! Georg darf nichts merken. Wir brauchen fünf Lira. Mahmud und ich sind zur Zeit pleite. Mal sehen, ob Onkel Salim uns das Kapital vorschießt.

*27.9.*

Heimgezahlt haben wir es ihnen. Toni haben wir regelrecht ausgeraubt. Er wird mit Georg nie wieder sprechen. Onkel Salim war großartig und gab uns, ohne nach dem Grund zu fragen, die fünf Lira. Mahmud spielte vor Georgs Augen so lange mit dem Schein, bis Georg ihn zu Toni lockte. Mahmud ging wie ein frommes Lamm mit zum Spielplatz. Dort machte er den Gang zu dem Händler, aber er kaufte bloß eine Schachtel Kaugummi, zog seine ungezinkten Karten aus der Hosentasche und kehrte zum Spielplatz zurück, wo die zwei auf ihn warteten.

Er öffnete die Karten und rief laut, damit die anderen Kinder es auch hörten: »Weißt du, ich bin sicher, daß du verlieren wirst, deshalb setze ich fünf Lira. Wenn du nicht feige bist, dann setzt du auch deine fünf Mäuse.«

Toni akzeptierte lächelnd die Wette. Mahmud mischte, strahlte den unsicheren Georg an. »Komm, mein Glücksbringer«, sagte er und küßte Georg auf die Wange. Die Nachbarjungen kamen näher und schauten gierig auf die zehn Lira, die Georg in der Hand hielt. Mahmud legte die Karten auf die Stufe, und Toni mußte lange schauen.

»Na, wird's bald, Röntgenauge?« zog ihn Mahmud auf.

Toni sagte, es sei die Herz-Zwei, aber er irrte sich, es war die Karo-Zehn.

»Her mit dem Geld, Glücksbringer!« brüllte Mahmud und schnappte die Karten weg, bevor der verwirrte Toni sie anfassen konnte. »Ich gebe dir noch eine Chance, aber du darfst die Karten nicht berühren.«

»Nur einen Augenblick«, bat das Nilpferd.

»Du hast die Hosen voll, was? Nein, wenn du kein Feigling bist, setzt du zehn Lira!«

»Zehn Lira!« stöhnten die anderen. Toni wollte lieber in den Schatten gehen, da er vermutete, daß die Sonne ihn geblendet hatte.

»Meinetwegen, aber ich warne dich, du kannst nicht mehr zurücktreten!«

Toni setzte die zehn Lira und fiel schon bei der ersten Karte durch. Mahmud küßte Georg und gab ihm einen Groschen. »Das haben wir vereinbart, nicht wahr?« rief er laut.

Georg wollte ihn erinnern, daß er bei ihm mit einem Groschen pro Lira beteiligt war und nicht pro fünfzehn, aber er schluckte nur schwer, als er den haßerfüllten Blick von Toni sah.

Wir kauften Onkel Salim zwei Päckchen Tabak für seine Wasserpfeife. Die feinste Sorte haben wir für ihn genommen, drei Lira je Packung. Die übrigen neun Lira teilten wir unter uns auf.

*28.9.*

Als ich heute Onkel Salim die Geschichte erzählte und sagte, daß ich nun jeden Freund erst unter die Lupe nehmen wolle, bevor ich ihn Freund nenne, schüttelte er den Kopf.

»Und wenn du dreihundertmal auf die Nase fällst. Suche weiter neue Freunde, und sei nicht mißtrauisch!« Er zog an seiner Wasserpfeife und sagte: »Weißt du, mein Freund, die Schwachen dieser Welt haben die Freundschaft erfunden. Die Mächtigen brauchen keine. Sie haben ihre Macht. Suche deine Freunde, und laß die Lupe sein, denn mit ihr machst du den größten Fehler deines Lebens: Du wirst einsam leben.«

*29.9.*

Ich bin mit Nadia eine Stunde lang über die Felder gelaufen. Ich habe ihr einen Kuß gegeben, und wir haben über unsere Eltern gelacht.

Leila habe ich zwei Lira gegeben. Sie hat schon wieder kein Geld mehr.

Heute war übrigens mein letzter Tag beim Tischler. Es hat wirklich Spaß gemacht, und ich kann nun besser mit Holz umgehen. Kein Fenster klemmt mehr in unserer Wohnung.

Morgen abend will ich mit Mahmud in den Film gehen, der im neuen Kino in der Stadt läuft.

*10.10.*

Vor ein paar Tagen haben wir einen sympathischen Luxemburger zum Flughafen begleitet. Robert hieß er und war einundzwanzig Jahre alt. Er hat nicht nur unsere Herzen, sondern auch die unserer Mütter erobert. Josef hat ihn vor der Kirche aufgegabelt und wollte ihm seine Leier aufbinden: »Meine Mutter ist krank, und ich muß eine ganze

Familie ernähren. Mein Onkel macht schöne Holzschachteln und Kupferteller«, und alles, was er noch auswendig gelernt hatte. Robert aber sprach Arabisch mit ihm und sagte, er wolle weder Schachteln noch Teller kaufen. Er habe kein Geld, dafür aber riesigen Hunger. Josef lud ihn ein, und beide mochten sich sofort. Wir lernten ihn dann auch kennen und holten seine Sachen vom Hotel ab. Er verbrachte dann einige Zeit bei uns. Jeder nahm ihn für ein paar Tage zu sich. Mein Vater war einverstanden und sagte, Fremden solle man immer die Tür offenhalten und daß er mit mir das Zimmer teilen könne. Meine Schwester durfte in diesen Tagen zu meinem Vater ins Bett kriechen. Leila mochte Robert nicht, und sie fragte ihn immer wieder, wann er abreisen würde. Der gute Robert hat sie ausgelacht und gesagt: »Nie!«

Bei Mahmud und Josef wurde er genauso aufgenommen. Nur Ali sagte, er halte davon nichts; Touristen sollten unsere armen Behausungen lieber nicht sehen. Aber ich denke, Robert hat uns geliebt, und auch meine Mutter hat ihn wahnsinnig gemocht. Sie sagte jeden Morgen zu mir, ich solle gut auf ihn aufpassen. Sie machte sich Sorgen um ihn, als wäre er aus Schokolade. Dabei war der Kerl ein ausgekochter Fuchs, und gerade das liebte ich an ihm. Er war in Ägypten aufgewachsen, wo sein Vater fünfzehn Jahre gearbeitet hatte. Dann war er zurück nach Luxemburg gegangen (ich habe mich geschämt, da ich von Luxemburg noch nie gehört hatte, aber Robert sagte, es sei sowieso nur ein winziger Staat). Robert beschloß nach dem Abitur, jedes Jahr einen Monat in einem arabischen Land zu verbringen. Wir waren Josef dankbar, daß er und nicht etwa Ali diesen tollen Kerl getroffen hat. Nächstes Jahr will Robert nach Nordjemen fahren.

Seinen Geldbeutel hatte er verloren, aber er lehnte es ab, bei der Polizei Anzeige zu erstatten (er kann die Polizei nicht leiden). Er lachte darüber und sagte: »Wenn man Geld verliert und solche Freunde trifft, dann hat man gewonnen.«

Nach zwei Tagen kam der schlaue Luxemburger auf eine gute Idee. Er wollte sich sauber anziehen und kämmen und den Touristen auflauern. Als Sohn eines luxemburgischen Botschafters in Kairo, der nur zufällig ein paar Tage in Damaskus weilt, wollte er sich ausgeben. Er hatte sich ausgerechnet, daß die Touristen ihm sehr schnell vertrauen würden, da er blond war und vier Sprachen perfekt sprach. Dann würde er sie zu »unseren« Händlern begleiten, und wir könnten die zehn Prozent kassieren. So machte er das auch, und es hat sehr gut geklappt. Das Geld haben wir wie die Irren ausgegeben. Im besten Restaurant haben wir gegessen. Auch viele Geschenke hat er von seinen Jagdzügen herbeigeschleppt. Das schönste aber waren die Gespräche mit ihm. Er erzählte uns von den Kindern in Europa, und wir staunten, daß es ihnen auch nicht besser geht als uns. Sie haben zwar viel mehr Schokolade, aber dafür viel weniger Spielplätze und Zeit. Ihre Eltern schlagen sie auch (aber etwas heimlicher, dafür bekommen sie weniger Küsse). Nein, beneiden sollen wir sie nicht.

Oder doch, um eines schon, nämlich daß Kinderarbeit verboten ist. Das finde ich gut. Die Erwachsenen müssen sehen, wie sie ohne die Hilfe der Kinder ihre Familien ernähren.

Zwei Tage vor seiner Abreise ließ Robert sich die Haare schneiden. Er schenkte jedem von uns ein blondes Haarbüschel und sagte, wenn wir an ihn denken, sollen wir es streicheln. Er würde, egal, wo er ist, unsere Hände spüren. Ein verrückter Kerl, aber gerade, als ich die letzte Zeile schrieb, habe ich die kleine Schachtel aus der Schublade geholt und das weiche Haar gestreichelt.

*11.10.*

Die Schule hat wieder angefangen. Die Lehrer sind dieselben geblieben. Mein Alter scheint vergessen zu haben, daß er mir die Schule verboten hat. Ich gehe ihm seit dem letzten Streit auch aus dem Weg.

Am liebsten mag ich unseren Arabischlehrer und den Geschichtslehrer. Seit einem Jahr unterrichtet uns Herr Katib in Arabisch. Er ist ziemlich alt und sehr witzig. Er sitzt oft in einer Ecke und liest ein Buch. Auch wenn wir eine Klausur schreiben. In den Pausen geht er nie ins Lehrerzimmer, sondern sitzt allein im Schulhof unter der großen Trauerweide und liest. Ich habe ihn mal beobachtet. Er ist dann ganz in sein Buch versunken, manchmal weint er beim Lesen, dann wieder lacht er laut und schlägt sich auf die Schenkel, daß alle, die ihn sehen, mitlachen müssen. Mahmud sagt, Herr Katib habe ein gutes Herz, und das ist nicht übertrieben. Er gibt uns immer die besten Noten und hat auch mal erzählt, daß er deswegen Schwierigkeiten an anderen Schulen hatte. Er mag unsere Schule sehr, weil unser Schulleiter ein vernünftiger Mensch ist.

Unser Geschichtslehrer ist ein Palästinenser. Herr Maruf ist noch jung, aber er ist wirklich gut. Er verlangt viel von uns in den Klausuren, aber er erzählt interessant und viel. Er ist auch der einzige Lehrer, der auf alle arabischen Regierungen schimpft. Wenn ich nicht Journalist werden würde, wäre Lehrer auch ein ganz guter Beruf.

*12.10.*

Heute gab's wieder mal einen Putsch. Die Schule ist bis zum nächsten Montag geschlossen. Das ist schon das zweite Mal dieses Jahr.

So ein Putsch geht hier in Damaskus meistens im Morgengrauen los. Wir im alten Viertel kriegen erst durch das Radio mit, was los ist. Es wird dann plötzlich still, dann folgt zackige Marschmusik, und dann werden die Kommuniqués der neuen Regierung verkündet, die voller Beschuldigungen auf die alte Regierung sind.

Onkel Salim hat mir vorhin gesagt, bei dem ersten Putsch vor fünfzehn Jahren hat er das geglaubt, was die neue Regierung versprochen hat. Er hat gejubelt und bis zum Morgengrauen gefeiert. Beim zweiten Putsch hat er nur geklatscht, und seit dem dritten kann er nur noch den Kopf schütteln.

Mein Vater kam nach Hause und erzählte uns von seiner Angst. »Die neue Regierung redet viel zuviel vom Krieg.« Ich hasse den Krieg und habe auch Angst davor.

Nadias Vater ist immer noch Geheimdienstler, oder besser wieder. So ein Verräter! Er arbeitet seit heute für die Gegner der gestrigen Regierung. Ich verstehe das nicht.

*18.10.*

Die Schule ist wieder auf. Herr Maruf, unser Geschichtslehrer, ist verschwunden. Ob er verhaftet wurde oder ob er abgehauen ist, weiß niemand. Wir bekommen bald einen neuen. Wäre nur der Bioboxer abgehauen! Ich kann diesen Schlägertyp nicht leiden, der uns jede Frage verbietet und immer gleich zuschlägt, obwohl das verboten ist. Manchmal träume ich davon, aufzustehen und ihm zu sagen, daß ich ihn dumm finde. Dann kann er mich meinetwegen verdreschen. Aber es ist nur ein Traum. Ich habe es bis jetzt noch nie gewagt.

Immerhin ist der sympathische Arabischlehrer geblieben.

*25.10.*

Der Herbst ist die Jahreszeit, die ich am liebsten habe. Damaskus ist in dieser Zeit am schönsten. Die Straßen sind voller Straßenverkäufer, die die Herbstfrüchte anpreisen.

Es sind nicht mehr so viele Touristen da wie im Sommer, und diese wenigen scheinen mehr Zeit zu haben, sie interessieren sich für unser gewöhnliches Leben. Eine alte Touristin sah heute durch unsere immer offene Haustür, wie meine Mutter gefüllte Auberginen zubereitete. Sie fragte mich höflich, was das sei. Ich erklärte es ihr mit meinem miserablen Englisch. Sie fragte, ob sie aus der Nähe zuschauen dürfe, und meine Mutter hatte Angst, daß die Touristin sie fotografieren wolle. Sie genierte sich in ihrem alten Kleid. Aber die alte Dame hatte keine Kamera. Ich beruhigte meine Mutter, und die Frau bewunderte ihre geschickten Hände.

Die Schwalben füllen den Himmel mit ihren lebhaften Rufen, als wollten sie die letzten Freuden sammeln, bevor sie sich auf ihre lange Reise in den Süden begeben.

Im Herbst brauche ich auch meinem Vater nicht so oft in der Bäckerei zu helfen. Viele arbeitslos gewordene Bauern und Landarbeiter strömen nach der Erntezeit auf der Suche nach Arbeit in die Stadt. Mein Vater bekommt mehr Angebote, als er braucht. Ich kann mich richtig auf die Schule konzentrieren, und danach gehört die Zeit nur mir. Und Nadia!!!

*28.10.*

Wir haben seit einem Jahr Chemie. Heute wollte der alte Kauz uns mit ins Labor nehmen. Die Nachricht löste fast einen Tumult aus. Jeder wollte eine Bombe und Stinkgas basteln, später wollte aber keiner in der ersten Reihe sitzen. Man kann nie wissen, vielleicht geht was schief, sagten die Angeber. In der großen Pause davor rief der Lehrer Mahmud, Josef und mich zu sich, da wir in der Nähe wohnen. Er sagte, einer von uns solle schnell nach Hause gehen und ein gekochtes Ei holen, damit er uns das Vakuum erklären könne. Mahmud sagte, Eier habe seine Mutter nicht, aber wenn er eine Kartoffel gebrauchen könne, würde er eine prächtige Knolle bringen. Josef, der alte Fuchs, sagte, seine Familie äße nie Eier, sie haben alle eine Eierallergie. Und so blieb ich in der Falle hängen. Meine letzte Note war nicht gerade die beste, und ich wollte daher etwas Eindruck schinden. Ich eilte nach Hause.

Aber als ich es meiner Mutter sagte, schaute sie mich entsetzt an. »Ihr habt da ja einen komischen Lehrer. Statt mit Büchern unterrichtet er mit Eiern!«

Ich hatte große Schwierigkeiten, ihr zu erklären, was ein Vakuum ist.

»Vakuum?« wiederholte sie. »Mit Eiern kann man gutes Essen kochen, aber dieses Vakuum soll der Lehrer mit was anderem machen.«

Nach einer Weile gab sie mir mißtrauisch ein kleines Ei. Sie glaubte, ich wolle das Ei verkaufen und ein paar Zigaretten dafür holen.

Das Ei war so klein wie ein Taubenei. Ich kochte es, und als ich den Hof der Schule erreichte, war die Pause zu Ende. Wir gingen ins Labor. Geheimnisvoll sieht es dort aus mit den vielen Flaschen und Geräten. Wir drückten uns in die letzten drei Reihen, und der Lehrer ging wie ein Pfau auf und ab, als genieße er unsere Feigheit. Dann erzählte er uns etwas über das Vakuum, schälte das Ei und warf in eine Flasche mit einem langen, breiten Hals Watte hinein, begoß sie mit Spiritus und zündete sie an. Er erklärte, daß ein Vakuum entsteht, wenn er das Ei auf die Öffnung der Flasche setzt und das Feuer den Sauerstoff in der Flasche verbraucht. Dieses Vakuum ist der Grund, weshalb das Ei dann in die Flasche hineingesaugt wird. »Ohne Vakuum würde das Ei nicht in die Flasche gehen«, sagte er und hielt das Ei über die Öffnung. Ohne genau hinzuschauen, ließ er das Ei fallen, und es rutschte glatt durch. Die Klasse johlte.

»Dazu braucht man kein Vakuum, sondern kleine Eier!« rief Isam.

Der Lehrer war wütend und wollte das Ei herausnehmen und es mit einem anderen Kolben versuchen, aber das Ei klemmte quer im Hals. Der Lehrer schimpfte und schüttelte kräftig. Der Alkohol spritzte aus der Flasche, und plötzlich rutschte das Ei mit Schwung aus der Flasche, klatschte gegen die Wand und fiel zermatscht herunter. Das Labor roch wie eine Kneipe.

*2.11.*

Mahmud ist unheimlich mutig. Heute hat er es gewagt, dem Bioboxer eine Frage zu stellen. (Dieser Heini mag es nicht, wenn wir ihn was fragen.) Der Lehrer bemühte sich, Mahmud zu zeigen, was für ein schlechter Schüler er sei, und seine Rede endete mit einem Tadel. Die Frage hat er nicht beantwortet. Es ging um den Unterschied zwischen dem Samen und dem Ei bei den Menschen.

»Hast du noch eine Frage?« hänselte er zynisch.

Mahmud schaute den Lehrer an und antwortete: »Zwei. Die eine, die Sie nicht beantwortet haben, hat eine zweite geboren.«

Der Bioboxer drehte durch. Er ohrfeigte Mahmud. »Und nun?«

»Es sind vier geworden«, rief Mahmud.

Wir schrien so laut »bravo«, daß der Lehrer von seinem Vorhaben, Mahmud noch mehr zu verdreschen, lieber absah.

Isam schwor in der Pause, daß er drauf und dran gewesen sei, dem Lehrer an die Gurgel zu springen, wenn der Schläger Mahmud noch einmal angefaßt hätte. Das wäre was gewesen! Der Koloß der Klasse gegen den Bioboxer, und wir hätten Darwin verstanden wie noch nie.

*4.11.*
Herr Katib bot uns die Möglichkeit an, frei ein Thema zu wählen und es als Gedicht, Erzählung oder Märchen auszuarbeiten. Ich werde ihm zwei Gedichte aus meiner Sammlung anbieten.

*7.11.*
Unser Religionslehrer kam heute ganz schön ins Schwitzen. Josef hat ihn gefragt – so gemein, wie nur er sein kann –, was es mit dem Beichtgeheimnis auf sich habe. Der Pfarrer hat betont, daß es verboten sei, dieses Geheimnis zu verraten oder auszunutzen, wenn es ihm anvertraut worden sei. Da hat Josef weiter gefragt, was er denn machen würde, wenn ihm einer beichten würde, daß er eine Bombe unter den Beichtstuhl gelegt hat. Der Pfarrer hat gemeint, natürlich würde er das Beichtgeheimnis nicht ausnützen, und er würde sitzen bleiben. Da hat die ganze Klasse gejohlt vor Lachen, weil alle wissen, daß der Pfarrer ein Angsthase ist. Da hat er zugegeben, er würde doch abhauen, weil er damit ja niemandem schaden würde.

Josef hat gleich gerufen: »Das geht nicht, denn dann hätten Sie ja das Beichtgeheimnis ausgenützt!«

Da hat der Pfarrer nichts weiter mehr gesagt als: »Du schreibst bis zum nächstenmal dreimal die Geschichte der Schöpfung ab.«

Das muß ich Nadia erzählen. Sie wird bestimmt auch über Josefs Pech lachen.

*9.11.*
Von allen Himmelskörpern liebe ich den Mond am meisten. Nicht nur der Vollmond, sondern auch der kleinste Mondrest flößt mir eine eigenartige Ruhe ein. Onkel Salim sagte, sein Großvater konnte, wenn er den Mond anschaute, voraussagen, ob es bald Regen geben würde oder nicht. Ich

wäre sehr glücklich, wenn der Mond, der alles sehen kann, mir nur sagen könnte, ob ich die Bioklausur gut hinkriege. Der Mond findet den Bioboxer bestimmt genauso bescheuert wie ich.

*13.11.*

Heute hat mir Mahmud erzählt, wie der Verrückte einen Gelehrten zum Schweigen gebracht hat. Mahmud ist mit seinem Vater in die nahe Moschee gegangen, um das Freitagsgebet zu verrichten. Er sah den Verrückten am großen Wasserbrunnen, wo er sich Hände, Füße und Gesicht wie die anderen Gläubigen wusch. Auch sein Spatz putzte sich munter und flog dann auf eine Stange. Der Verrückte setzte sich ziemlich weit hinten hin, und Mahmud hätte ihn beinahe vergessen, bis die Freitagsrede anfing.

Der Scheich war ungehalten. Er kritisierte abfällig die anderen Religionen und zog aggressiv über alle Islamsekten her, die dem sunnitischen Glauben nicht folgen. Plötzlich stand der Verrückte auf und sang mit einer wunderschönen Stimme ein langes »Amen«. Dann setzte er mit einem rhythmischen religiösen Gesang ein, der die Göttlichkeit der Menschen und die Liebe zu allem Lebenden pries. Der Gesang war so beeindruckend, daß die Gläubigen in die Strophen mit einfielen.

Der Gelehrte verstummte. Er versuchte zwar noch mehrmals, das Wort zu ergreifen, aber seine Stimme ging im lauten Gesang unter. Vor Wut schäumend stieg er von der Kanzel und ließ den Verrückten von zwei Dienern hinausschleifen. Man hörte, wie er trotz zugehaltenem Mund weiter sang. Die Gläubigen beruhigten sich wieder und folgten dem schnell zu Ende geführten Gebet.

Schade, daß sie nicht dem Verrückten gefolgt sind!

*14.11.*
Heute war einer der schönsten Tage meines Lebens. Die Arabisch-Doppelstunde war stark, so was hab ich noch nie erlebt. Der Lehrer hat sich zu uns gesetzt, und jeder konnte sein Thema frei vortragen. Er hat begeistert mit uns über die Erzählungen, Märchen und Gedichte diskutiert und gestritten. Als ich an die Reihe kam, habe ich meine Gedichte »Ich träume laut« und »Der fliegende Baum« frei vorgetragen. Ich kann sie auswendig. Der Lehrer fand sie unheimlich gut und meinte, daß aus mir ein Dichter spreche. Ich bin bestimmt ganz rot geworden. Mahmud hat gesagt, ich habe gut vorgetragen, auch wenn ich manchmal so laut geschrien habe, daß er fast Ohrenschmerzen bekommen hätte. Als die Stunde zu Ende war, haben wir sogar noch in der Pause weitergemacht, damit die restlichen fünf Schüler auch noch ihre Stücke in aller Ruhe vorlesen konnten. So was war bisher in meiner Klasse unvorstellbar gewesen, wo wir doch immer schon mit einem Fuß im Hof stehen, bevor die Glocke bimmelt.

Jetzt bin ich müde, aber ich muß morgen unbedingt aufschreiben, was Mahmud vorgetragen hat. Das war einmalig!

*15.11.*
Mahmud hat ein kurzes Theaterstück geschrieben. »Die Buchstaben« nannte er es. Es schildert einen jungen Lehrer, der beschließt, den Menschen in seiner Straße das Lesen beizubringen. Der Lehrer ist sehr dumm und behandelt die alten Männer und Frauen wie kleine Rotznasen. In der ersten Stunde sind die Menschen neugierig. Sie gehen müde von der Arbeit in einen Raum in der nahen Schule und warten. Der Lehrer kommt mit Anzug und Krawatte herein, nachdem er selber die Glocke geläutet hat. Er trägt einen Stock und fordert die Leute auf, sich zu erheben.

Viele tun es, aber ein alter, stolzer Bauer sagt, er wäre nur zweimal in seinem Leben vor jemandem aufgestanden. Einmal, als der Bischof ihn besucht hat, und das andere Mal, als Sultan Abdulhamid an seinem Feld vorbeigeritten ist. Der Lehrer fängt stur mit den Buchstaben an. Er malt ein »A« und sagt, man müsse sich diese Form im Kopf einprägen. Als er beim Buchstaben »D« landet, will eine Frau wissen, ob man »Waschtag« mit D schreibt. Ein Metzger will lieber lernen, wie man »Rindvieh« schreibt. Der Bauer unterstützt den Metzger, falls der Lehrer neben »Rindvieh« auch noch »Wasser« schreibt. Nein, das käme nicht in Frage, ruft der Gewürzhändler. Er will lieber »Zollformular« schreiben lernen. Nein, erst die Buchstaben! ruft der Lehrer. Einige bitten ihn dann, die Buchstaben etwas schneller durchzunehmen, legen sich hin und beauftragen ihre Kumpel, sie aufzuwecken, wenn die Buchstaben zu Ende sind. Der Bauer holt seinen Tabaksbeutel hervor und dreht sich eine Zigarette. Der Lehrer läßt ihn nicht rauchen. Er vertröstet ihn auf die Pause. Der Bauer geht nach vorn, nimmt die Glocke und läutet zur Pause. Der Lehrer dreht durch und schreit den Bauern an, er soll sich mit dem Gesicht zur Wand stellen. Der Bauer aber verläßt die Klasse, und beim Hinausgehen sagt ihm der Gemüsehändler, er solle seinen draußen wartenden Esel bis zur Pause um Geduld bitten.

Am nächsten Abend kommt nur die Hälfte der Leute, und ein eifriger Lastenträger ist stolz darauf, seine Hausaufgabe gemacht zu haben. Er zeigt nach Anerkennung heischend sein Heft mit den gemalten Buchstaben, aber der Lehrer verzieht das Gesicht, weil der Lastenträger die Linien nicht gehalten hat. Der ist traurig und sagt: »Das ist nicht mein Fehler. Ich schreibe auf dem Rücken meines guten Esels. Die Straßen sind aber voller Schlaglöcher. Die Regierung stopft das eine Loch, um ein anderes aufzureißen.« Der Lehrer soll, da er schreiben kann, bei der Regierung gegen die Löcher protestieren.

Als der Metzger lacht, will der Lehrer ihm ein paar Schläge mit dem Lineal geben, damit er artig wird. Doch der zerbricht das Lineal und ruft seine Kumpel zum Streik auf. Alle gehen hinaus, und der Lehrer beschimpft sie als Barbaren.

Unsere Klasse bog sich vor Lachen. Herr Katib lobte Mahmud für seinen scharfen Witz. Niemand kann so lustig schreiben wie mein Freund.

*16.11.*

Mein Vater freut sich darüber, daß meine Gedichte Herrn Katib gefallen haben. Er sagte, das komme von ihm, er habe als Junge auch Verse geschrieben. Nach dem Abendessen wollte er sogar die Gedichte hören.

Meine Mutter gähnte herzhaft, und als er ihr deswegen Vorwürfe machte, sagte sie, sie müsse morgen früh aufstehen, sonst hält ihr die schmutzige Wäsche ein Gedicht.

*17.11.*

Der neue Geschichtslehrer ist da. Ein komischer Typ, der immer nur Zahlen hören will. Gleich nach der Begrüßung wollte er unser Wissen testen. Wann ist Napoleon geboren, wann ist Cäsar gestorben, wann ist der eine Kaiser ernannt und der andere abgesetzt worden? Nach einer Weile hatte er uns so weit, daß wir kaum noch wußten, wann Syrien unabhängig geworden war.

Zahlen, Zahlen, Zahlen! Was soll das? Ich glaube, mit diesem Lehrer werde ich nicht warm. Mahmud sagt, dieser Pauker habe seine Ausbildung entweder bei einer Hebamme oder bei einem Beerdigungsinstitut gemacht.

Ich muß manchmal leider doch zugeben, daß mein Vater recht hat. Das ist alles Unsinn, was wir bei dem Typ lernen müssen.

*19.11.*
Nadia ist für einen kurzen Augenblick an ihrer Tür gestanden und hat mir zugelächelt.

*21.11.*
Heute überraschte mich Herr Katib auf dem Schulhof. »Hast du die Gedichte an einen Verlag geschickt?« fragte er. Ich war sprachlos. Verlag? Darunter konnte ich mir wenig vorstellen. Herr Katib erklärte mir, daß Dichter ihre Geschichten und Gedichte an einen Verlag schicken, um sie veröffentlichen zu lassen. Er gab mir sogar den Namen und die Adresse eines Verlegers. Ich soll ihm einige meiner Gedichte schicken, vor allem die beiden, die ich in der Klasse vorgetragen habe. Er meint es wirklich ernst. Ich bin ein Dichter!

*22.11.*
Jetzt habe ich dreimal einen Brief angefangen, aber jedesmal wurde er zu lang. Herr Katib hat gesagt, es soll ein knapper Brief sein. Aber wie kann ich so kurz beschreiben, warum ich Gedichte schreibe? Leila habe ich jetzt schon dreimal rausgeschickt, weil sie mit ihren verschmierten Fingern an den Brief wollte. Sie ist so stur heute.

Jetzt habe ich endlich den Brief fertigbekommen. Ich habe dem Verleger geschrieben, daß ich ihm siebzehn Gedichte schicke, die ich auch schon unserem Lehrer gezeigt habe. Ich sei vielleicht sehr jung, aber er solle daran denken, daß viele unserer Dichter sehr jung waren, Jarir zum Beispiel. Auch habe ich meinen Onkel erwähnt, den besten Dichter in der Umgebung. Dann habe ich ihm erklärt, daß es vielleicht verrückt sei, einen Baum davonfliegen zu lassen, aber unser Lehrer sagt, Dichtungen ohne Verrücktheit seien Sonntagsreden. Ich habe dann geschrieben, daß ich nichts abgeschrieben habe. Das könne er ja überprüfen. Alle Gedichte habe ich alleine gemacht. Meine Mutter könne nicht einmal lesen, und mein Vater liebe zwar Gedichte, aber er schreibe nie.

Hoffentlich liest er die Gedichte. Ich werde zwei Kerzen für die heilige Maria spenden, wenn der Verleger sie druckt. Meine Mutter hat nicht verstanden, was ein Verlag ist, und mein Vater hat versucht, es ihr zu erklären. Aber zu mir meinte er, daß die Briefmarken dafür schon rausgeschmissenes Geld seien. Als ob Verleger nichts anderes zu tun hätten, als den Brief von dem Sohn eines Bäckers zu beantworten.

*25.11.*
Seit zwei Tagen kann ich nicht gut schlafen. Die ganze Nacht liege ich wach und grüble über den Verleger nach. Was wird er nur denken? Vielleicht hätte ich doch schreiben sollen, daß ich siebzehn bin. Oder hätte ich die Gedichte besser auf teureres Papier schreiben sollen? Was wird er sagen, wenn er liest, daß ich ein Bäckersohn bin?

Gestern habe ich daran gedacht, zu dem Verlag zu gehen. Der ist drüben in der neuen Stadt. Was soll ich ihm dann sagen? Vielleicht so: Ich bin zufällig in der Gegend und will den Herrn Leiter sprechen. Der Pförtner wird fragen: Wen soll ich melden? O Gott, wenn ich bloß etwas größer wäre und eine bessere Hose hätte. Mit der alten ist wirklich nichts mehr zu machen. Aber meine Gedichte sind gut.

Ich versuche mir vorzustellen, wie ein Verleger aussieht. Groß, hager, mit grauen Schläfen und einer Hornbrille? Wird er lachen beim Lesen? Das Gedicht »Traum auf einem Mehlsack« wird ihn überraschen. Ich habe ihm auch geschrieben, daß ich das Gedicht erst auf den Rand einer alten Tageszeitung gekritzelt habe, da es in der Bäckerei kein besseres Papier gab.

*27.11.*

Ich hatte mir gerade ein Käsebrot gemacht und mich auf die Treppe vor unserer Tür gesetzt, als der Verrückte auf mich zukam. Sein Spatz flog zu einem nahen Balkon, als wüßte er, daß der Verrückte sich zu mir setzen will. Was er dann auch tat. Er schaute mein Brot an und sagte: »Käse!«

Ich schnitt ihm die Hälfte ab, und er aß bedächtig und fing an zu reden, bis dieser Idiot Georg ihm beim Vorbeigehen einen Tritt gab. Der Verrückte kauerte sich ängstlich zusammen und bedeckte seinen Kopf mit den Armen. Der Käse flog in die Gegend. Ich war dermaßen wütend auf Georg, ich hätte ihn erwürgen können. Den Verrückten streichelte ich, nahm das leere Brot aus seinen verkrampften Fingern und gab ihm meine Portion. Er beruhigte sich langsam und fing erneut an zu flüstern. Ich verstand nicht viel. Ab und zu konnte ich ein arabisches Wort aufschnappen, aber die anderen Wörter waren lauter unverständliche Laute.

»Sag es noch einmal!« bat ich und lauschte angestrengt, aber ich verstand nur: »Orient ... Farbe ... Regenbogen ...«, mehr nicht. Dann sagte er ganz deutlich: »Papier« und nahm einen Biß vom Käsebrot. Ich stand auf. Georg wartete in einiger Entfernung und lächelte so widerlich versöhnlich, wie er das immer nach einer Schweinerei tut. Ich drohte ihm, ihn zu verprügeln, wenn er den Mann nur noch ein einziges Mal anfaßt! Dem Verrückten brachte ich Papier und Bleistift, und der lachte erfreut wie ein Kind. Er rieb sich die Hände, nahm den Bleistift und malte einige Zeichen. Eine komische Schrift war das. Nach einem Satz schrieb er arabische Buchstaben, dann folgten lateinische, aber es waren weder französische noch englische Wörter. Dann das Wort Orient auf arabisch, dann wieder eine merkwürdige Schrift, immer so weiter ...

»Lesen!« sagte er, lächelte und ging. Seine arabische Schrift ist fast wie im Buch, so schön.

Abends zeigte ich das Blatt meinem Vater. Er schaute es lange an. »Das ist Hebräisch. Das hier ist Türkisch und das hier Persisch, und das ist Griechisch. Aber ich kann es nicht lesen.« Was hat dieser Mann wohl geschrieben?

*28.11.*

Herr Katib fragte Mahmud, ob er jemanden kennt, der für ihn das Theaterstück tippen könnte. Er soll es dann an den Rundfunk schicken. Mahmud kennt niemanden, und wir fragten, ob es nicht auch ginge, wenn ich es mit meiner guten Schrift abschreibe.

»Nein«, sagte Herr Katib. »Die Radioleute mögen keine handschriftlichen Texte.« Er beschloß, das Stück für Mahmud selbst zu tippen. So ein feiner Kerl!

*30.11.*

Ganz schön sieht das Stück nun aus, getippt und geordnet wie ein Buch. Vorne heftete Herr Katib ein Blatt mit Mahmuds Namen und dem Titel »Die Buchstaben« – Ein Hörspiel« ein. Auf dem nächsten Blatt standen alle Personen, die in der Geschichte eine Rolle spielen. Manchmal stand etwas in Klammern, was vorher im Text nicht dagewesen war. Herr Katib erklärte uns, daß er hier Geräusche und Beschreibungen des Raumes angegeben hat und daß dies wichtig sei, damit die Zuhörer die Atmosphäre und die Stimmung der Personen mitkriegen, denn sie können sie ja nicht sehen.

Mahmud soll einen Brief an einen Herrn namens Ahmad Malas schreiben, und die Adresse sei ganz einfach: Syrischer Rundfunk, Damaskus, Hörspielabteilung. Heute nachmittag saßen wir beieinander und bastelten einen Brief zusammen. Mahmud war so voller Unruhe, daß er gleich zur Post rannte.

*1.12.*
In unserer Nähe wohnt ein griechischer Automechaniker. Er lacht viel und säuft noch mehr, aber er repariert die Autos sehr gut, so daß er immer zu tun hat. Ich ging zu ihm in die Werkstatt und zeigte ihm das Blatt von dem Verrückten.

Er schaute es mit seinen verschwollenen Augen an und lachte. »Nur dieser Satz oben ist griechisch und das Wort hier unten. Es ist sehr schön geschrieben.« Er übersetzte mir die Stellen, und ich trug sie mit Bleistift ein. »Hör mal, Junge, das da ist italienisch, und das daneben ist spanisch. Wenn du das Rätsel raushast, will ich auch wissen, was es bedeutet.«

*2.12.*
Zwei Straßen weiter leben viele Schiiten. Nach mehreren Fragen lernte ich einen Gewürzhändler persischer Abstammung kennen. Er übersetzte mir drei Abschnitte, die auf persisch geschrieben waren, und sagte, er glaube nicht, daß der Mann verrückt sei.

*3.12.*
Der Gemüsehändler Jakob übersetzte mir heute die hebräischen Wörter im Text. Er sagte mir, daß ein alter Spanier in der Nähe des Thomastores lebt und Geigen baut. Ein ziemlich alter Mann.

*4.12.*
War beim Spanier. Ungeheuer alt! Aber superelegant. Ein feiner Mann. Er ließ mich nicht rausgehen, bevor er mir nicht sein bestes Stück gezeigt hatte. Eine alte Geige. Er war überrascht, als ich ihm sagte, daß das Blatt nicht von einem Lehrer, sondern von dem Verrückten stammt. Von ihm erfuhr ich auch, wo ein Italiener wohnt. Ein Konditor soll er sein.

*5.12.*

Die Wette habe ich verloren! Ich bin nun mal ein Pechvogel. Na ja, es ging auch nur um einen Orangensaft. Ich wettete mit Josef, daß ich in den Beichtstuhl gehen und ohne Strafe herauskommen könne. Josef sagte, beim strengen Pfarrer Johann komme selbst Jesus nicht ohne ein Vaterunser oder mindestens ein Bußgebet heraus.

Gesagt, getan. Ich ging also hinein, kniete nieder, und bevor ich noch Atem holen konnte, fragte der Pfarrer: »Was haben wir in der vergangenen Zeit für Sünden begangen, mein Sohn?«

»Ich habe am letzten Samstag gebeichtet und habe in dieser Woche keine Sünde begangen«, antwortete ich mit frommer Stimme.

»Das gibt es nicht, mein Sohn, sammle deine Gedanken. Denk an die zehn Gebote! Hast du nie geflucht?«

»Nein!« antwortete ich mit ruhigem Gewissen, da wir solche harmlosen Schimpfworte wie »Leck mich mal« und »Du Hund« nicht als Sünde betrachten. Das erste ist ein Angebot, und das zweite ist ein Geschöpf Gottes.

»Hast du nicht irgend etwas begehrt, was dir nicht gehört?«

»Nein«, sagte ich seelenruhig, da ich nur Nadia liebe.

»Denk nach, mein Sohn! Hast du nie gelogen?«

»Nein, in dieser Woche nicht«, murmelte ich mit einem unguten Gefühl, weil der Kerl nicht lockerließ.

»Das gibt es nicht. Das ist Hochmut. Bete, mein Junge, daß du wieder Demut in deinem Herzen empfangen kannst. Ein Vaterunser und ein Bußgebet!« grollte er und schwafelte weiter.

*6.12.*

Der Konditor war nicht da, aber seine Frau kann auch Italienisch, weil sie oft zu Besuch in Italien bei den Eltern ihres Mannes war. Sie übersetzte mir die drei Wörter und las auch die bisherige Übersetzung.

Mein Vater wollte wissen, ob ich was rausgekriegt habe (komisch, daß ihn das auch beschäftigt). Ich erfuhr von ihm, daß in der Nebenstraße zwei kurdische Familien leben. Er schaute das Blatt an und sagte, die zweitletzte Schrift kann nur assyrisch sein. Ich soll in die nahe kleine Kirche der Assyrer gehen und dort einen Pfarrer fragen.

*7.12.*

Bei den kurdischen Familien und beim Pfarrer Erfolg gehabt. Der Text steht. Der Verrückte ist ein weiser Mensch! Hier ist seine Geschichte:

Es war einmal ein Vogel. Er lebte in einem schattigen Hof im Orient. Um den Hals trug er einen schweren, mit Juwelen besetzten Ring. Der Vogel fühlte sich in seinem marmornen Heim sicher und geborgen. Er genoß den Duft der Blumen und lauschte mit Freude dem Plätschern des kleinen Springbrunnens. Wenn Gäste des Hausherrn kamen, sagten die einen: »Oh, wie schön ist dieser grüne Vogel!« Die anderen widersprachen: »Er ist schön, aber nicht grün, sondern braun. Ihr müßt genau hinschauen.« – »Aber meine Herren, jeder, der Augen hat, kann sehen, der Vogel ist blau!« riefen die dritten. Auch wenn die Gäste sich nie über die Farbe einig werden konnten, waren sie alle von der Schönheit des Ringes fasziniert.

Es wurde Herbst, die Blätter der schattenspendenden Bäume welkten und fielen herunter, und der Vogel konnte den freien Himmel sehen. Eines Tages erblickte er eine Vogelschar, die in den Süden zog. Er wollte ihr folgen, aber der schwere Ring hielt ihn am Boden. Von Tag zu Tag fror er mehr in der zunehmenden Kälte und spürte die Bitterkeit seiner Gefangenschaft.

In der Dämmerung des siebten Tages befreite er sich mit einem gewaltigen Ruck aus der Umklammerung des schweren Ringes, der ihm am Hals eine tiefe Wunde beibrachte. Der Vogel blutete stark, aber er flatterte befreit in den weiten Himmel. Über Meere, Wüsten, Berge und Täler flog er und erkannte die Schönheit der Welt. Er lernte, Bussarde und Schlangen zu überlisten und mit der Gefahr zu leben.

Am einunddreißigsten Tag erreichte er die große Vogelkolonie im Süden und wunderte sich über die Freude, mit der seine Artgenossen ihn empfingen. Eine Eule erklärte ihm den Grund: »Wenn der Regenbogenvogel kommt, bedeutet das Glück und Gesundheit für uns alle.« Erst jetzt erkannte der Vogel die Farbenvielfalt seiner Federn.

Lange lebte der Regenbogenvogel, und er flog um die ganze Welt. Doch immer, wenn er einen Ring sah, schmerzte ihn die tiefe Narbe am Hals.

Morgen werde ich, wie versprochen, bei allen meinen neuen Freunden vorbeigehen und ihnen die Übersetzung bringen. Das ist, glaube ich, das Geschenk, das mir der Verrückte machen wollte. Ich weiß jetzt, wie viele Völker hier miteinander leben.

*8.12.*

Mein Vater wollte nach dem Abendessen etwas Musik hören. Er machte das Radio an, und da plärrte die Stimme irgendeines Islamgelehrten heraus. Im Gegensatz zu Onkel Salim hört mein Vater alles an, was über Religion gesagt wird. Ich habe nicht richtig zugehört, aber plötzlich fing mein Vater an, den Sprecher im Radio zu verfluchen. Er soll gesagt haben, die Christen hätten keine richtige Religion und bildeten sich ein, daß sie einem Gottessohn folgten.

»Er redet so, als wären die Christen in diesem Land taub oder verstünden kein Arabisch. Der Teufel soll ihn holen! Das ist kein Gelehrter, sondern ein Dummkopf, der auf uns losgelassen wird.«

*9.12.*

Eine herbe Enttäuschung! Ich sehnte mich nach dem Verrückten und freute mich heute riesig, als ich ihn mit seinem Spatzen sah. Ich rannte nach Hause und brachte ihm meinen Nachtisch, eine Orange und ein Marmeladenbrot. Er aber schaute mich stumm und ängstlich an. Er wollte sich nicht setzen und das Brot nicht annehmen. Er sagte zu seinem Spatzen:

Flieg, Vogel, flieg,
bald kommen die Barbaren.
Flieg zu den Wolken hoch,
dort hab ich dir ein Nest gebaut.
Fliege und nimm meine Trauer.
Meine Freude macht den Barbaren angst.«

Ich sprach ihn wegen der Geschichte an, aber er schien mich nicht zu verstehen und wiederholte nur: »Flieg, Vogel, flieg!«

*PS:* Mahmud hat eine Einladung von dem Redakteur bekommen! Ich habe es für einen Scherz gehalten, aber der Brief war tatsächlich von A. Malas unterschrieben. Ich warte immer noch auf eine Antwort vom Verlag.

*11.12.*

Mahmud war heute im Rundfunk. Der Redakteur war überrascht, daß er so jung war. Er fragte, ob sein Vater ein Schriftsteller sei. Mahmud sagte, daß sein Vater nicht einmal schreiben könne. Er brauche es auch nicht bei seinem Kartoffelverkauf. Der Redakteur lachte und ließ ihm einen Tee bringen. Er sagte, er müsse noch viel am Stück arbeiten, und wenn er soweit sei, würde er es ihm mitteilen.

Onkel Salim lachte Tränen über Mahmuds Theaterstück. Er sagte, er habe einmal als Kutscher eine Prüfung machen müssen, ob er alle neuen Straßen- und Verkehrsschilder erkennen könne. Da habe er dem Prüfer gesagt, er solle lieber seine Pferde fragen, denn oft schläft er während der Fahrt, und die Pferde finden den Weg von alleine. Der Prüfer soll sehr gelacht und Onkel Salim eine gute Note gegeben haben.

*12.12.*

Heute hatte ich riesigen Spaß mit meiner Mutter. Ich habe den Journalisten gespielt und sie die Alleswisserin. Meine Mutter hocharabisch reden zu hören ist ein Genuß. Sie redet dann nur im Infinitiv und in der Wir-Form, als wäre sie eine Königin.

»Was meinen Sie, Frau Hanne, was Syrien fehlt?« fragte ich sie in der Küche.

Meine Mutter hüstelte geziert und näherte sich tänzelnd meinem unsichtbaren Mikrophon, das ich in der Hand hielt. »Wenn wir denken, finden wir, Syrien fehlen Kuchen und Düngemittel.«

Ich mußte kichern. Meine Mutter spielt immer die blasierte, beleidigte Majestät. »Wo sind diese Diener, um diesen lausigen Journalisten aus meinem Palast zu entfernen? Wir mögen Journalisten nicht. Journalisten lachen nicht!«

Sie mußte dann sehr über den »Palast« lachen, weil wir in unserer schäbigen Küche saßen. Sie ist wirklich ein Bild für die Götter, wenn sie hochmütig die Nase in die Luft reckt und mit hochgezogenen Augenbrauen mißbilligend auf den armen Journalisten blickt. Mit meiner Mutter kann man wunderbar Spaß haben.

Nadia hat mich nach dem Verleger gefragt. Ich habe ihr gesagt, sie solle nicht so ungeduldig sein. Schließlich hat so ein Mann ziemlich viel zu tun. Wann er wohl antwortet?

*13.12.*
Der Englischlehrer bekam von Nabil einen Papierschwanz verpaßt. Sah lustig aus an dem geschniegelten Typ.

Heute hat mein Alter wieder mal eine Ladung Sandkuchen verhauen. Jetzt müssen wir tagelang dieses angebrannte, trockene Zeug runterwürgen! Das kann er noch nicht mal an die Armen verkaufen.

Seit Tagen regnet es. Immer noch keine Antwort von dem Verleger.

*14.12.*
Die Eltern von Nadia sind mit ihren beiden Brüdern zu einer Feier gegangen. Ich schlich zu ihr ins Haus, und sie zeigte mir, wo sie schläft. Ich legte mich zu ihr auf das kleine Bett. Sie lag ganz nah bei mir, und ich konnte den Duft von ihrem schönen Haar riechen. Sie weiß ja, daß Jasmin meine Lieblingsblüte ist.

*15.12.*
Hurra!!! Heute hat der Verleger geantwortet. Er hat mir einen freundlichen Brief geschrieben, und er fand die Gedichte gut. Wahnsinn! Er will fünf von meinen Gedichten in einem Band von jungen Dichtern drucken. Und die übrigen findet er auch nicht schlecht. Ich soll ihm ein Foto schicken und ihn mal besuchen, wenn ich will.

Heilige Maria, zwei Kerzen werde ich dir morgen in der Kirche spenden. Ich werde im Buch als Dichter erscheinen!

Meinen Vater hat es umgehauen. Er hat mich zum erstenmal seit Monaten umarmt. Er war sehr stolz auf mich. Er hatte richtig Tränen in den Augen und sagte, in solchen Augenblicken wisse er, daß er nicht umsonst gelebt hat. Ich soll mir eine gute Hose kaufen und mich baden, bevor ich zu dem Verleger gehe. Er hat meiner Mutter sogar schon das Geld gegeben, und sie verstand die Welt nicht mehr. Sie hat gedacht, daß Dichter immer verhungern. Jetzt bekommt ihr kleiner Dichter sogar eine Hose. Dann fing sie an zu schluchzen. Ach, wenn ihr seliger Vater das nur mitbekommen hätte, wie glücklich und stolz wäre er gewesen. Da wurde mein Vater ruppig und meinte, sie solle bloß aufhören mit dem Reden über die Verstorbenen, und wer an seinen alten Vater dächte?

»Jetzt wollen wir feiern«, sagte er dann und machte meiner Mutter und mir einen Kaffee.

»So einen Vater hast du, so sehr liebt dich dein Vater«, schluchzte meine Mutter und wischte sich mit dem Schürzenzipfel die Tränen von den Backen. Dann riß sie sich zusammen und ging ihr Gesicht waschen, und wir tranken alle zusammen Kaffee. Ich soll beim Fotografen Basil neue gute Fotos von mir machen lassen.

Und das alles verdanke ich diesem großartigen Menschen, Herrn Katib!

*17.12.*

Noch nie hat es so viel geregnet wie in den letzten Wochen. Der Himmel scheint die Gebete der Bauern alle auf einmal erfüllen zu wollen. Der Segen für die Bauern ist ein Fluch für Damaskus. Der Regen spült den Lehm aus den Dächern und Mauern und verschlammt die Straßen. Die Kanalisation unseres alten Viertels streikt, und als die Temperatur gestern nacht unter Null sank, sind viele Wasserrohre geplatzt.

Mahmud und Nadia sind sehr stolz, daß meine Gedichte in einem Buch erscheinen.

*18.12.*
Eine herbe Niederlage für meine Mutter! Seit Wochen hat sie mich genervt, ich solle doch im Kirchenchor singen. Jetzt bin ich ihr zuliebe hingegangen. Sie gab mir sogar zwei Orangen als Belohnung, und das hat meine Schwester geärgert. Sie will jetzt auch in einen Chor gehen, wenn sie dafür zwei Orangen bekommt.

Heute haben wir uns um zwei Uhr im Kirchhof getroffen. Pfarrer Georgios, der für den Chor verantwortlich ist, holte uns ab. Er wollte uns Neulinge erst mal prüfen, ob wir nicht vielleicht schon Stimmbruch haben. Wir mußten uns der Größe nach aufstellen, und da ich bereits einsfünfundsechzig bin, stand ich ganz hinten. Wir mußten ihm ein paar »Kyrie eleison« nachsingen, aber er schaute jedesmal ganz irritiert drein.

»Da brummt doch jemand«, meinte er. Den dicken Georg, der in der ersten Reihe stand, fand er gleich heraus, er flüsterte ihm was zu, und der Dicke schlich mit gesenktem Kopf zur Tür hinaus. Jetzt mußten wir wieder weitersingen, aber er war immer noch nicht zufrieden.

»Wer brummt denn da noch?« meinte er mißbilligend.

Wir schauten uns alle an und zuckten die Schultern. Da teilte er uns in drei kleine Gruppen. Ausgerechnet die Gruppe, in der ich war, hatte den Brummer unter sich. Ich versuchte, so leise und fein wie nur möglich zu singen.

Pfarrer Georgios nickte bedeutsam mit dem Kopf. Er kam zu mir, klopfte mir auf die Schulter. »Nichts für ungut, mein Sohn«, meinte er, »aber du hast eine viel zu tiefe Stimme.« Na ja, Pech gehabt.

Als ich raus kam, lungerte Georg noch immer vor der Tür herum und lachte mich widerlich an. »So ein blödes Quaken«, sagte er. »Ich hab die ganze Zeit absichtlich falsch gesungen.« Er plärrte mir den ganzen Heimweg mit seinen blöden Sprüchen die Ohren voll.

Zu Hause wunderte ich mich über die vielen Nachbarinnen, die bei meiner Mutter Kaffee tranken. Sie war voreilig gewesen und hatte überall rumerzählt, der Pfarrer habe mich persönlich gebeten, doch in den Chor zu gehen. Als sie mich so früh in der Tür stehen sah, schaute sie mich entgeistert an. Ich sagte ihr, daß der Pfarrer mich hinausgeschmissen hat, und meine Mutter bekam einen Wutanfall auf den Pfarrer. Die anderen Frauen versuchten sie heuchlerisch zu trösten, aber sie wollte nichts mehr hören und schimpfte nur: »Was versteht dieser alte Rabe vom Gesang?«

*23.12.*

Durch den anhaltenden Regen weichen die lehmigen Dächer auf, das Wasser sickert durchs Dach und tropft in die Wohnungen. An mehreren Stellen leckt die Decke unserer Wohnung. Im Zimmer von meinen Eltern ist es nicht so schlimm, aber im Wohnzimmer, wo ich und Leila schlafen, ist es nervend. Mein Vater hat Angst wie alle anderen Männer, auf das glitschige Dach zu steigen und die Löcher zu stopfen. So bleibt meiner Mutter nichts anderes übrig, als überall Töpfe und Eimer aufzustellen. Ich kann nicht schlafen. Ich komme mir vor wie in einer Tropfsteinhöhle. Tropf, tropf, tropf. Es geht mir auf den Wecker!

*PS:* Mahmud lachte sich halb tot, als ich ihm vom Chor erzählte. Er will die Geschichte immer wieder hören!

*25.12.*

Weihnachten. Heute gab es ein tolles Essen. Meine Mutter hat sich selbst übertroffen, und mein Vater hat eine Flasche Rotwein besorgt, die wir gemeinsam leerten. Auch Leila bekam ein kleines Glas.

*7.1.*
In der Schule sind einige meiner Freunde krank. Das ist auch ein Sauwetter! Auch Leila und Onkel Salim hat eine Erkältung umgehauen.

Heute hatte Leila einen richtigen Fieberanfall. Sie richtete sich im Bett auf und fing an zu singen. Sie hob die rechte Hand und schwenkte ihren Körper sitzend hin und her, als wolle sie tanzen. Ich lachte, und meine Mutter war ganz entsetzt über mich. Sie schmiß mich aus dem Zimmer.

»Bei so hohem Fieber kann ein Mensch verrückt werden, und du lachst wie ein Idiot!« rief sie zornig, nachdem Leila sich wieder beruhigt hatte und eingeschlafen war.

*PS:* Ich bin zum Verlag gegangen, aber er hatte noch nicht auf. Am 10.1. ist der Verleger wieder da.

*10.1.*
Heute war ich im Verlag. Mensch, habe ich vielleicht gezittert, und ich habe kaum einen Ton herausgebracht, als ich vor dem Verleger stand, aber ich hätte mich nicht so aufzuregen brauchen. Er ist ein kleiner Mann mit Glatze und hat ganz dicke Finger. Er raucht wie ein Schlot und muß laufend husten. Er war unheimlich freundlich zu mir. Meine Angst, daß er mich für zu jung halten könnte, verflog gleich nach den ersten Sätzen. Er hat mich wie einen Erwachsenen behandelt. Von seinen Problemen erzählte er und von den wunderbaren Büchern, die er gemacht hat und noch machen will. Ich war überrascht, daß er keine Druckerei besitzt. Er schenkte mir einen schönen Gedichtband, dann redete er mit mir über meine Gedichte, die er im Sommer drucken lassen will. Er las sie laut vor und sagte, daß er das Gedicht mit dem fliegenden Baum am liebsten hat und daß er damit auch das Buch anfangen will. Ich hätte ihn vor Glück umarmen können!

Die ganze Strecke nach Hause bin ich zu Fuß gegangen, ich wollte allein sein. Ich schaute mir die nackten Bäume an. Es war sonnig und kalt, und ich sah mich Hand in Hand mit Nadia vor einer großen Menschenversammlung Gedichte lesen.

*12.1.*
Immer mehr plärrt das Radio vom Krieg. Mein Vater haßt den Krieg. Er sagt, ein Mensch darf nicht das Leben eines anderen beenden. Ich träume schlecht in letzter Zeit. Außerdem bekomme ich immer mehr Angst.

*13.1.*
Eine Gaudi gab es heute im Religionsunterricht.

»Warum ist Jesus auf allen Bildern blond und hat blaue Augen?« fragte Josef den Pfarrer.

Der Pfarrer laberte irgendeinen Quatsch, daß dies so sei, weil Jesus Frieden ausstrahlt.

Aber das konnte er dem frechen Josef nicht verkaufen. »Ist Jesus in Palästina geboren oder nicht? Die Palästinenser und Juden haben schwarze Augen und Haare, und sie sehen auch friedlich aus.«

Der Pfarrer verwickelte sich immer mehr in seinem eigenen Gequassel.

Josef hatte aber all das nur gefragt, um zur Kernfrage vorstoßen zu können: »Und warum haben wir noch keinen Palästinenser als Papst gehabt? Hm? Oder einen Afrikaner?«

Das brachte den Pfarrer vollends aus dem Gleichgewicht, und er befahl Josef als Strafe, das Bußgebet zehnmal aufzuschreiben. Das war schwach!

In der Pause erzählte ich Josef, daß ich am liebsten Journalist werden will. Er lachte mich aus. »Ein Journalist lebt vom Fragen, aber hier kriegst du Bußgebete, wenn du fragst. Nein, ich will Offizier werden. Ein Offizier fragt nie. Er befiehlt und führt Befehle aus.«

Ich hätte es ihm an einem anderen Tag erzählen sollen.

*PS:* Leila ist wieder gesund und genauso frech wie vorher.

*15.1.*

Onkel Salim ist auch wieder gesund. Ich bin so froh! Es war warm, und er kam aus seinem Zimmer und genoß draußen schweigsam die Sonne. Eingewickelt in eine Steppdecke saß er still da und lächelte mir zu, als ich alle Kinder aus dem Hof hinaustrieb, damit er seine Ruhe hatte.

*16.1.*

Wir wußten nicht, ob wir lachen oder weinen sollten. Als wir von der Schule kamen, wartete Onkel Salim schon vor der Haustür auf uns. Seine Stimme war nicht fröhlich, als er Mahmud mitteilte, daß das Hörspiel heute vormittag um 11 Uhr gesendet worden sei. Mahmud fragte sofort, ob sie gesagt hätten, daß er der Autor ist. Onkel Salim stotterte, er habe es vielleicht versäumt, aber damit konnte er Mahmud nicht lange hinhalten. Er gab dann zu, daß als Autor Ahmad Malas genannt worden sei. Ich verstehe das nicht. Es muß ein Mißverständnis sein. Mal sehen, morgen nachmittag soll die Sendung wiederholt werden. Vielleicht hat der Onkel nicht richtig zugehört.

*17.1.*

So eine Schweinerei! Mahmud hat geheult. Der unverschämte Redakteur gibt sich als Autor des Stückes aus und erwähnt Mahmud mit keinem Wort. Herr Katib hat es heute bestimmt auch gehört. Wir haben ihm den Sendetermin gesagt. Das gibt es doch nicht! Was ist, wenn der Verleger nun meine Gedichte klaut und sie als die seines Sohnes ausgibt?

*18.1.*
Herr Katib ist entsetzt. Er schrieb einen bitterbösen Brief an den Redakteur und teilte ihm mit, daß über fünfzig Schüler Zeuge für diesen unverschämten Diebstahl seien. Er forderte eine Richtigstellung und eine Entschuldigung. Mahmud warf den Brief ein, aber er zweifelte daran, daß er etwas bewirken wird. Herr Katib hat mich jedoch beruhigt, daß er den Verleger kennt und daß dieser so eine Schweinerei nicht machen würde. Von dem Redakteur wußte er nur, daß er immer wieder junge Autoren ermuntert, ihm ihre Stücke zu schicken.

*20.1.*
Ich genieße es richtig, in mein Tagebuch zu schreiben. Heute gingen meine Eltern mit Leila einen kranken Onkel besuchen. Ich machte mir einen Tee und setzte mich ans Fenster. Nadia schaute kurz aus ihrer Haustür und winkte, und ich schickte ihr einen »Flugkuß«. (Das ist so eine Erfindung wegen der Entfernung. Ich küsse so, als wäre sie da, und dann pflücke ich den Kuß aus der Luft wie eine Jasminblüte. Man muß es sehr langsam machen, den Kuß dann auf die flache Hand legen und sacht in Richtung Freundin pusten. Sie fängt den Kuß nach einer Sekunde auf und führt ihn hin, wo sie will. Manchmal an die Wange, an die Lippen oder gar unters Hemd.)

Jetzt nach diesem Flugkuß, den Nadia auf den Lippen landen ließ, schreibe ich und blättere in meinem Buch. Eine Menge steht bis jetzt schon drin, und es spornt mich an weiterzuschreiben, denn nie im Leben wüßte ich sonst noch, wo was geschah und wer wem was gesagt hat.

*22.1. Nachmittag*

Wir beschlossen gestern, den Rundfunkredakteur zu bestrafen. Josef kam auf die Idee, im Namen der »Schwarzen Hand« die Strafe auszuführen.

»Aber wir haben die Bande doch aufgelöst!« sagte ich.

»Die Gerechtigkeit fordert es, mein Kleiner«, antwortete Josef mit tiefer Stimme, als wäre er ein Opa.

Wir lachten und überlegten lange. Drei Sachen sollen unternommen werden. In der Nacht wird Josef auf die Mauer gegenüber dem Rundfunk mit roter Farbe schreiben: »Im Rundfunk haben die Redakteure nur hohle Köpfe! Spenden Sie Ihre Ideen! Die Schwarze Hand.«

Mahmud und ich werden Josef schützen. In ein paar Tagen nehmen Mahmud und ich uns dann den Redakteur vor, während Josef Schmiere steht.

*24.1.*

Heute morgen mußten wir gleich nachsehen, was aus dem Spruch an der Mauer geworden war. Bei einigen Passanten ist er gut angekommen.

»Klar«, sagte einer zu seiner Frau. »Das ist mir schon seit langem aufgefallen, deshalb schalte ich das Radio auch nicht mehr ein.«

Ein Witzbold rief: »Dann sollen sie doch auf der Straße betteln gehen und ein paar frische Ideen sammeln!« Alle Leute lachten. Es dauerte nicht lange, bis ein Beamter vom Rundfunk mit einem Eimer Farbe kam und hektisch den Spruch überpinselte. Ein tolles Gefühl war das für Mahmud. Er lachte den Beamten aus.

*25.1.*

Ich wollte mir den Redakteur vornehmen, und Mahmud sollte sich um sein Auto kümmern. Wir schlichen zum Parkplatz des Rundfunkgebäudes und lauerten so lange dem Typ auf, bis er endlich kam. Er ist ein kleiner Mann und springt so nervös beim Gehen! Mahmud schlitzte alle vier Reifen auf und klebte ihm »Einen schönen Gruß von der Schwarzen Hand« mit Klebstreifen auf die Windschutzscheibe. Ich spannte meine Schleuder und schoß einen Farbbeutel (rot) auf ihn ab. Der traf ihn so wuchtig, daß er zu Tode erschrak und wie verrückt anfing zu schreien: »Ich bin verletzt! Blut! Ich bin verletzt!« Wir rannten weg, so schnell wir konnten.

*PS:* Josef hatte keine Zeit mitzukommen, weil er seine Hausaufgaben machen mußte. Komisch, sonst drückt er sich doch immer davor.

*27.1.*
Ich schreibe jetzt sehr viele Gedichte, vor allem über Nadia, die ich sehr liebe.

*Dienstag*
Scheiße! Seit gestern arbeite ich voll in der Bäckerei. In diesem Winter sind viele Leute in ihre Dörfer zurückgekehrt, um ihre Felder zu bestellen, oder sie wandern in die Golfstaaten aus, oder weiß der Geier, wohin sie abhauen. Mein Vater konnte keine Arbeiter finden. Ich habe die Mathearbeit versäumt. Unser Mathelehrer ist in Ordnung, aber er ist sehr streng, und er ließ mich über Mahmud wissen, daß ich die Arbeit bis spätestens in zwei Wochen nachholen müsse, sonst bekäme ich eine Verwarnung. Auch der Arabischlehrer hat heute nach mir gefragt.

Komisch. Gestern und heute hat mein Alter mir nach der Arbeit jeweils drei Lira gegeben. Weil es mir zusteht, hat er gesagt.

7.2.
Der siebte Tag in der Bäckerei! Heute mußte ich in der Mittagszeit dem Restaurant neben der Schule das bestellte Brot bringen. Die Schüler kamen gerade aus der Schule gestürmt. Einige der blödesten aus meiner Klasse scharten sich um meinen Karren und fingen an, mich lächerlich zu machen. So eine Gemeinheit! »Bäckerlaufbursche«, beschimpfte mich der Goldschmiedesohn. Die anderen lachten dreckig dazu. Ich hätte sie alle am liebsten geohrfeigt. Dann betätschelten sie auch noch das Brot und wollten sich Stücke davon abreißen. Mahmud kam mir zu Hilfe, und es gelang uns, sie abzuwehren. Das hätte einen ganz schönen Stunk gegeben, wenn der Restaurantbesitzer angefressenes Brot bekommen hätte. Aber die Blöden wollten das nicht verstehen, und es gab eine richtige Keilerei. Mahmud und ich gegen die beiden Großmäuler, die Söhne vom Zahnarzt. Wir haben denen aber gezeigt, was in uns steckt, und sie zogen mit eingeklemmtem Schwanz Leine.

Von meinem Alten wurde ich auch noch beschimpft, weil ich so spät zurückkam und auch noch so dreckig. Ich habe ihm aber nichts von der Schlägerei erzählt. Hoffentlich findet er bald einen Arbeiter!

*Montag*
Die Bioklausur ist auch hin, verdammt! In Geschichte und Mathe habe ich schon eine Verwarnung bekommen. Mein Vater hat sich geweigert, dem Schulleiter eine Antwort auf sein Schreiben zu schicken. Er hat gesagt, der Leiter könne ein paar Tage darauf warten, es würde ja nicht lange dauern, bis ich in die Schule zurückkomme. Jeden Tag gibt er mir drei Lira. Ich will aber das blöde Geld nicht, ich will lieber wieder in die Schule!

Nadia sagt, ich sei in letzter Zeit sehr aggressiv. Was

versteht sie denn schon? Sie soll mal einen Tag in der Bäckerei arbeiten, dann würde sie sehen, wie sie sich fühlt, habe ich ihr gesagt.

*14.2.*
Ich halte das nicht aus! Ich habe jetzt die Wahrheit erfahren. Wie kann er nur so gemein sein! Der Alte will nicht, daß ich weiter in die Schule gehe. So ein Betrüger! Die ganze Zeit hat er mich nur hingehalten!

Herr Katib hat heute meinen Alten besucht. Er hat auf ihn eingeredet, daß er einen Fehler macht, wenn er mich aus der Schule nimmt. Mein Vater hat so getan, als sei der Lehrer Luft für ihn. Aber Herr Katib war hartnäckig, er gab nicht so leicht auf. Er wartete höflich, bis mein Vater die Kunden bedient hatte, dann begann er immer wieder auf ihn einzureden. Mein Vater fuhr ihn an, daß ihn das überhaupt nichts angehe, schließlich sei ich ja sein Sohn. Und er könne mit mir machen, was er wolle. Ich habe mich so geschämt, am liebsten wäre ich im Boden versunken.

Herr Katib blieb ganz ruhig und redete weiter. Mein Alter wurde immer lauter. Er hat keine Angst vor Beamten oder Lehrern. Er sagte, daß mich die Schule nicht mehr interessiere, und fragte mich laut und zornig, ob das nicht stimme. Ich brachte vor Entsetzen keinen Ton über die Lippen und fing an zu heulen. Als Herr Katib dann noch von der Pflicht der Eltern sprach, wurde mein Vater richtig gemein. Er beschimpfte den Lehrer und die Schule. Er wisse genau, daß die Schule nur bis zur 5. Klasse Pflicht sei, und der Lehrer solle ihn bloß nicht für dumm verkaufen, nur weil er ein Bäcker sei. Herr Katib versuchte, meinem Vater noch zu erklären, daß er eine andere Pflicht gemeint habe, aber mein Alter war stocksauer und schubste ihn zur Tür hinaus. Er genoß so richtig den Sieg über den

Lehrer und protzte den ganzen Nachmittag vor seinen Arbeitern damit!

Ich rede nicht mehr mit ihm. Ich bin wie gelähmt. Irgendwann hat er noch versucht mir zu erklären, in was für einer schwierigen Lage er sei und daß er auch gerne in die Schule gegangen wäre. Man habe ihn aber einfach in die Bäckerei gesteckt. Er sagte, er verstehe meinen Zorn, aber bald würde ich so viel Taschengeld haben wie kein anderes von den Kindern. Er würde mir sogar vier Lira pro Tag geben. Das wären über tausend Lira im Jahr. Als er fertig war mit seiner Litanei, fragte ich ihn, warum wir wohl nur Bäcker sein sollen. Er schaute mich überrascht an und sagte, das sei unser Schicksal.

Meines nicht!!! Ich will nicht!!! Ich will weiter zur Schule gehen und Journalist werden!!!

Meine Mutter hat versucht, mich zu beschwichtigen. Es würde bald besser werden, und ich solle die Worte von meinem Vater nicht so schwernehmen. Es sei doch bloß eine schlechte Zeit. Ich will nicht mehr mit ihm reden.

*16.2.*

Nadia hat sich verändert. Sie ist so komisch geworden. Und dieser fiese Josef, dieser angebliche Freund, liebäugelt mit ihr. Ich glaube, sie machen sich über mich lustig. Mahmud sagt, eine Freundin sollte sich nicht ihres Freundes schämen, auch wenn er ein Bäcker ist. Seine Mutter wurde sogar wegen ihrer Liebe zu seinem Vater enterbt. Sie stammt aus einer sehr reichen Familie und wollte nicht ihren Cousin heiraten. Sie ist mit seinem Vater durchgebrannt und lebt mit ihm in Armut, weil sie ihn liebt. Er sagt, es ist besser, wenn ich Nadia vergesse.

Ich kann es aber nicht! Ich liebe sie ja!

*17.2.*

Ich erzählte Mahmud von dem Krach mit meinem Alten. Er hat gelacht und gemeint, daß alle Väter gleich seien. Er wünscht sich einen Tag, an dem Väter nur für ein paar Stunden Söhne ihrer Söhne wären. Sie würden sich ganz schön wundern, und er glaubt, daß viele Väter ausflippen würden, wenn sie hören könnten, was in den Köpfen ihrer Söhne vorgeht. Ich bewundere Mahmud, weil er über alles lachen kann, über sich, seinen Vater und die Lehrer, obwohl er eigentlich nicht viel zu lachen hat.

*19.2.*

Heute habe ich Onkel Salim mein Geheimnis anvertraut. Ich halte es jetzt wirklich nicht mehr aus. Ich werde abhauen. Er hat mich gefragt, ob ich mir das genau überlegt habe. Ich habe ihm gesagt, daß ich fast zweihundert Lira gespart habe. Ich muß hier weg. Er hat mich traurig angeschaut und gesagt, er wolle noch einmal mit meinem Vater sprechen. Vielleicht ließe er doch noch mit sich reden. Ich will nicht in der Bäckerei alt werden und eines Tages meinem Sohn sagen, du sollst werden wie ich.

*26.2. 11 Uhr nachts*

Weder Onkel Salim noch meine Mutter können meinen Alten überzeugen, daß ich in die Schule gehen soll. Ich habe jetzt jeden Tag Krach mit ihm. Heute habe ich ihm gedroht, daß ich abhauen werde, wenn er mich nicht zurück in die Schule gehen läßt. Er hat nur gelacht und gefragt, wohin ich denn gehen würde. Es ist mir egal, wohin, wenn ich nur nicht in der Bäckerei arbeiten muß.

Meine Mutter hat lange geweint, Nadia wurde blaß, als ich es ihr anvertraute, und sagte, sie fühle sich krank, aber ich will trotzdem weg. Heute nacht, wenn alle schlafen, werde ich ein Bündel mit meinen Kleidern packen. Ich werde auch das Gedichtheft mitnehmen und das Foto von Nadia und mein Tagebuch. Ich muß hier raus, sonst gehe ich kaputt.

Ich werde nach Aleppo fahren. Weit weg von der Hand meines Vaters und den Tränen meiner Mutter. Ich will nicht mehr weinen. Ich will lachen und leben, wie es mir schmeckt. Dort, in Aleppo, der größten Stadt im Norden, werde ich irgendwo ein Zimmer für zwanzig Lira im Monat finden. Ich werde sofort nach meiner Ankunft eine Zeitung aufsuchen. Ich werde den Boden putzen, Tee kochen für die Journalisten, Briefe austragen. Sie sollen mir nur zeigen, wie man ein guter Journalist wird. Und wenn ich so nichts verdienen kann, werde ich den Tag über irgendwie arbeiten und abends vielleicht darüber schreiben, was ich alles so von den Menschen gehört habe.

Ich werde jetzt Schluß machen. Das sind die letzten Zeilen aus Damaskus. Nichts mehr hält mich hier.

*27.2.*

Gestern nacht schlich ich die Treppe hinunter und wollte abhauen, da saß Onkel Salim im Dunkeln auf der letzten Stufe. Hab ich einen Schreck bekommen!

»Willst du gehen, ohne deinem Freund Lebewohl zu sagen?« flüsterte er und nahm mich in den Arm. Ich fing an zu heulen.

»Laß mich, ich will gehen«, bat ich ihn, aber er bestand darauf, erst einen Tee zu trinken. Dann könnte ich immer noch nach Alaska oder sonstwohin gehen. Ich willigte ein, und wir gingen in seine kleine Küche. Schweigsam bereitete er den Tee, dann trug er ihn in sein Zimmer, und ich folgte ihm.

»Du wirst ein guter Journalist werden«, sagte er und reichte mir den Tee. »Ja, und du wirst, wie ich dich kenne, über mich und meine dummen Geschichten schreiben. Ich weiß es in meinem Herzen, daß du es wirst.«

»Aber die Bäckerei macht mich fertig«, protestierte ich.

»Das stimmt. Sie ist schlimm. Früher habe ich die Bäcker beneidet, aber seitdem ich mit dir befreundet bin, bemitleide ich sie.« Er nickte und schwieg eine Weile. »Aber was ist in Aleppo anders? Kannst du mir das sagen? Nicht, daß ich Damaskus liebe. Kutscher haben wie die Bettler keine Heimat. Nein, ich mag Damaskus nicht, aber was ist in Aleppo anders? Wenn du abhauen willst, dann wandere nach Saudi-Arabien aus. Dort kannst du viel mehr verdienen, aber Aleppo? Das ist derselbe Mist wie hier.«

»Aber ich bin erst fünfzehn, und die lassen mich nicht aus dem Land!«

»Das stimmt. So eine bescheuerte Regierung!« Er goß mir einen zweiten Tee ein, strich mir über die Haare. »Und hast du überlegt, mir einen so guten Freund als Ersatz zu bringen, bevor du abhaust? Hm? Zwei Kinder und dreizehn Enkelkinder habe ich nicht so lieb wie dich, und was machst du? Du gehst und läßt mich allein. Ich hasse die Bäckereien!«

»Ich werde dich nie vergessen. Ich werde dir schreiben«, versprach ich und fing wieder an zu heulen, weil ich in diesem Augenblick die Trauer meines besten Freundes und meine eigene spürte.

»Schreiben! Ich kann doch nicht lesen! Ich muß immer die Leute bitten, mir den Brief vorzulesen, und ich kann sie nicht einmal bitten, dir zurückzuschreiben, weil das doch nicht dasselbe ist, was ich dir sagen würde.«

»Aber hier ersticke ich!«

»Du erstickst, weil du aufgegeben hast. Salim hat nie aufgegeben! Als ich in den Bergen fror, hungerte und wie ein Hund leben mußte, weil ich nicht in die Armee gehen wollte, dachte ich auch daran, die Schmach zu beenden und den Militärdienst zu leisten. Aber ich habe es ausgehalten und mir überlegt, wie ich mich weiter durchschlagen könnte. Im Frühjahr kam ein Schäfer vorbei, gab mir zu essen und bot mir an, bei ihm zu arbeiten. Er besorgte mir falsche Papiere, und so hieß ich fünf Jahre lang Mustafa und nicht mehr Salim und lebte nicht schlecht als Schäfer. Viele meiner Freunde, die mich am Anfang ausgelacht hatten, bedauerten es später, denn da brach der große Krieg 1914 aus, und viele von ihnen sind verletzt worden, verschollen oder getötet. Die Schäfer dagegen haben nie Hunger gehabt. Überlege dir doch lieber, wie du aus der Bäckerei rauskommst, ohne abzuhauen. Du bist nicht dumm. In Damaskus kennst du dich sehr gut aus. Laß dir was einfallen, und wir können vielleicht miteinander einen Plan aushecken. Salim ist immer gut für einen Plan. Und du, mein Freund, wirst ein Journalist. Ich bin sicher.«

Ich schwieg lange, und Onkel Salim redete immer weiter. Ich glaubte zwar nicht, daß es klappen würde, aber als er sagte: »Probiere es doch ein halbes Jahr lang. Heute ist der 26. Februar. Wir werden uns nach einem halben Jahr wieder zusammensetzen, und wenn es dir bis dahin nicht bessergeht, so werde ich dir deinen Koffer zum Bus tragen, damit du dorthin abhaust, wohin du willst. Ist das zuviel verlangt? Ein halbes Jahr!«

Also gut, ich werde versuchen, hier einen Ausweg zu finden. Ich kann immer noch nach einem halben Jahr abhauen.

»Versprichst du das?« fragte Onkel Salim.

»Versprochen!« sagte ich und schlich ins Bett zurück.

*1.3.*
»Schreibe mir doch, was los ist«, flehte ich Nadia an, als sie an unserem Haus vorbeikam, um Milch zu holen.

»Wozu? Damit du damit angibst?« sagte sie kalt. Ich verstehe nichts mehr. Sie spinnt.

*4.3.*
Mir tut es in der Seele weh, am frühen Morgen die Schüler frisch gekämmt auf dem Weg zur Schule zu sehen. Manchmal bemerkt es mein Alter. Dann streicht er mir über den Kopf und ist für eine Weile ganz lieb zu mir. Einmal hat er sogar geweint und gesagt: »Du bist klüger als alle diese Schüler. Ich weiß, was für einen Sohn ich in die Welt gesetzt habe.« Ein anderes Mal sagte er: »Die Menschen werden alle gleich nackt geboren, aber nach dem dritten Atemzug schon sind sie verschieden.«

Ich habe manchmal wirklich Mitleid mit ihm. Ich glaube, mein Vater ist auch nicht gern Bäcker geworden.

*6.3.*
Heute habe ich erfahren, daß Onkel Salim nicht nur in jener Nacht auf der Treppe geschlafen hat. Eine ganze Woche lang hat er sie bewacht. Er hat geahnt, daß ich wirklich abhauen wollte. Er ist ein großartiger Freund.

*8.3.*
Heute habe ich meinen Alten überzeugt, daß ich am besten beim Brotaustragen helfen kann. Ich brauche dann nicht mehr im Mehldunst und in der Hitze zu arbeiten und kann für seine Bäckerei neue Kunden gewinnen. Mein Vater wollte erst nicht, aber nach einer Krachwoche wollte er seinen Frieden und willigte ein. Es sind wohlhabende Kunden, die ihr frisches Brot nach Hause geliefert bekommen. Sie zahlen dafür etwas mehr. Die Arbeit ist hart. Ich muß einen Korb

mit fünfzehn Kilo Brot schleppen und damit Treppen hoch und runter laufen – manche wohnen im vierten Stock. Ich habe eine Liste mit Kunden für insgesamt sechzig Kilo pro Tag übernommen. Es sind vier Runden, und bis zum Mittag bin ich fertig. Manche Kunden sind blöd, andere wiederum nett, und sie geben mir einen Groschen oder einen Apfel. Was mich aber wurmt, ist, daß ich nun einige meiner früheren Klassenkameraden mit Brot beliefern muß, und sie lachen über mich. Onkel Salim sagt aber, ich habe schon einen Riesenschritt vorwärts gemacht. Es sei nur eine Frage der Zeit, wann mein Vater auf mich verzichten könne. Mit diesem Schritt habe ich jede weitere Ausbildung an der Teigmaschine oder am Ofen zunichte gemacht. Ich weiß nicht, der Onkel ist vielleicht ein Optimist.

*9.3.*

»Laß mich mit deiner Liebe in Ruhe«, sagte Nadia schnippisch, als ich ihr ein paar liebe Worte zuflüsterte, und lief dann einfach an mir vorbei ins Haus. Merkwürdig! Was denkt sie bloß über mich?

*20.3.*

Ich habe viele neue Kunden gewonnen. Ich liefere inzwischen bis zum frühen Nachmittag hundertzwanzig Kilo Brot aus. Mein Alter ist sehr zufrieden, denn so viel hat seine Bäckerei noch nie gebracht. Mir macht die Arbeit keinen Spaß, aber meine Zeit gehört mir. Ich lese viel und schreibe Gedichte.

Heute habe ich meinen ersten Artikel über eine Frau geschrieben, die ich seit einer Woche mit Brot beliefere. Sie ist manchmal fröhlich wie ein Kind und manchmal so traurig, daß sie weint. Als ich die Beschreibung Onkel Salim vorlas, sagte er: »Ein Journalist muß aber doch den Grund wissen, warum die Frau so ist.« Mal sehen!

*21.3.*
Heute habe ich der Frau ein besonders gutes Brot ausgewählt. Sie sah traurig aus, aber sie lud mich zu einem Tee ein. Eine schöne Wohnung hat sie. Nach einer Weile wurde sie ganz redselig, und ich habe ihre Geschichte erfahren.

Sie stammt aus einem Dorf im Norden und heißt Mariam. Sie liebte ihren Kindheitsfreund sehr, aber die Eltern wollten sie einem reichen Knacker geben, so floh Mariam mit ihrem Freund nach Damaskus. Sie heirateten und lebten sehr glücklich zusammen, aber ihr Mann wurde arbeitslos, und er fand auch nach langer Suche keine Beschäftigung. Als er eine Stelle in Kuwait fand, nahm er sie sofort an, obwohl er seine Frau nicht mitnehmen durfte. Er fuhr fünf Jahre weg und kam nur für zwei Wochen jedes Jahr zu Besuch. Jetzt ist er als reicher Mann zurückgekommen. Er hat ein großes Geschäft und ist sehr zufrieden, aber er ist in der Fremde anders geworden. Er macht keine Späße mehr, streichelt sie nie und liebt nur noch sein Geschäft. Es fehlt ihr nicht an Essen und Kleidern, aber sie fühlt sich sehr einsam.

Das ist der Grund ihrer Traurigkeit, aber warum sie manchmal fröhlich ist, weiß ich trotz aller Fragerei nicht. Mariam hat es bestritten, daß sie manchmal fröhlich ist. Ich kriege es aber noch heraus!

*23.3.*
Heute habe ich wieder große Zweifel daran gehabt, ob meine Entscheidung hierzubleiben richtig war. Zwei der dümmsten Schüler meiner Klasse bewarfen mich mit Steinen. Die Feiglinge wußten, daß ich meinen Korb nicht auf der Straße allein lassen und hinter ihnen herlaufen konnte. Ein Stein traf mich am Ohr, und es blutete.

Auch Nadia ist anders geworden. Sie meidet mich. Ich

kann sie seit Tagen nicht sprechen. Josef sagte, sie hätte ihm gesagt: »Er ist ein Bäckerbursche.« Irgendwie habe ich das Gefühl, daß Josef es genoß, mich lächerlich zu machen.

*27.3.*

»Grüß euch!« sagte ich, als ich Nadia mit ihrem ältesten Bruder auf der Straße sah.

»Grüß dich!« antwortete der Bruder und wollte mir die Hand geben, aber Nadia schaute weg und ging weiter, als würde sie mich überhaupt nicht kennen. Das gab mir einen Stich ins Herz, und ihren Bruder hab ich gar nicht mehr beachtet.

*30.3.*

Onkel Salim hat heute seinen Friseur gewechselt. Er kam mit kurzgeschorenen Haaren und mehreren Verletzungen im Gesicht zurück, aber er lachte und schwor, nur noch dorthin zu gehen. Ich wunderte mich darüber, daß er den besten Friseur der Straße verlassen und diesen Metzger ausgesucht hat, der ihn so übel zurichtet.

»Seit zwanzig Jahren lasse ich meine Haare beim guten Sami schneiden, aber er ist von Tag zu Tag wortkarger geworden. Ich habe sein Schweigen satt. Ein Friseur muß besser erzählen als ein Radio, sonst ist er schlecht. Sami hat viele Kunden, und jede Geschichte sieht er als Verlust an. Er rechnet jedes Wort auf und langweilt mich mit seinem: ›Ja, ja, was du nicht sagst‹, dabei hört er gar nicht mehr zu. Heute habe ich mir einen anderen Friseur gesucht und am Thomastor auch gefunden.

Der Friseur hat einen Gehilfen, und da ich neu war, überließ er mich dem Burschen und kümmerte sich um seine Stammkunden. Ein tolles Mundwerk hat dieser Gehilfe, aber er ist mit den falschen Händen geboren. Sie sind wie zwei große Schaufeln und passen eher zu einem

Bauern als zu einem Friseur. Er fuhr mit der Schere durch mein Haar, als wäre mein Kopf eine verwilderte Heide. Wir lachten, als ich ihm sagte, daß ich mit dem neuen Haarschnitt so dumm ausschaue, daß sogar die Armee mich nehmen würde. Er redete ununterbrochen und seifte meinen Bart ein. Gerade setzte er das Rasiermesser an, als er mit der Geschichte des dummen Königs und seiner schlauen Frau anfing. Ich lachte, weil er das so gut erzählte, und er schnitt mich in die Wange. Verdammt, das tat weh! Tausendmal hat er sich entschuldigt und versucht, das Blut zu stillen. Ich sah im Spiegel, wie der Meister ausholte, um seinen Gehilfen zu ohrfeigen. Der schlaue Fuchs tat so, als würde er nichts merken, doch im entscheidenden Augenblick bückte er sich, und ich bekam die Ohrfeige! Der Meister entschuldigte sich, verfluchte den Gehilfen und ging zu seinem Kunden zurück.

Der Gehilfe erzählte weiter und schnitt mich noch einmal, aber es war nicht so schlimm. Ich sagte, ich käme mir vor wie ein Hammel in seinen Händen, da lachte er und rutschte wieder mit dem Messer ab. Es tat weh, und ich schrie laut. Der Friseur kam diesmal ganz leise, holte aus und landete mit seiner Hand auf meinem Hals, da der Gehilfe genauso raffiniert wie vorher ausgewichen war. Der Meister entschuldigte sich vielmals für sein Ungeschick, und ich schrie nicht mehr, als der Gehilfe mich auch noch auf der rechten Backe verletzte. Als er endlich fertig war, wollte ich zahlen, aber der beschämte Friseur wollte kein Geld.

›Eine freie Rasur für zwei Ohrfeigen! Ich komme wieder!‹ sagte ich, und wir lachten.«

Ich möchte am nächsten Samstag nicht mehr zu meinem Cousin gehen. Er ist ein schlechter Friseur und erzählt nur von seinen Schulden.

*Samstag*
Ein ganz irrer Laden! Der Friseurmeister ist ein Armenier, sein Gehilfe stammt aus Persien. Seine Großeltern sind aber vor langer Zeit schon nach Syrien ausgewandert.

Der Laden ist im Gegensatz zu dem meines Cousins und dem vornehmen von Sami ein wildes Durcheinander. In einer Ecke steht ein Messerschleifrad. In einer anderen ein großes staubiges Regal mit vielen Gläsern, Lavendel-, Rosen- und Jasminwasser, und zwei große Aquarien mit Blutegeln. Ekelhaft sehen diese Würmer aus, aber sie sollen sehr nützlich sein. Eine Reihe von Stühlen für die Kunden stehen entlang der Wand, und dort liegt auch ein prächtiger Haufen von Zeitschriften.

Ich nahm Platz, las gierig die Illustrierten und amüsierte mich über den Friseur und seinen Gehilfen. Der hörte nicht auf, Späße zu machen, und der Meister jammerte immer wieder.

Als eine Nachbarin zum Messerschleifen kam, ließ der Friseur einen eingeseiften Kunden einfach sitzen, nahm die alten Messer und fing ganz langsam an, sie zu schleifen. Der Kunde meckerte, aber der Friseur schien auf einmal kein Arabisch mehr zu verstehen, er antwortete nur noch auf armenisch.

Das tollste aber ist, daß das Haareschneiden nur halb so teuer ist wie bei meinem lieben Verwandten. Ein Eis ist für mich dabei rausgesprungen.

*6.4.*
»Laß uns in den Feldern spazierengehen«, bat ich Nadia, als sie mich beim Gemüsehändler anlächelte.

»Du hast leicht reden«, sagte sie und rannte davon, als wäre ich ein Stinktier. Was ist bloß los mit ihr? Liebt sie mich oder nicht?

*11.4.*

Onkel Salim arbeitete in seinem Leben nie länger als drei Tage in der Woche. An den anderen drei feierte er mit seiner Familie, und am siebten Tag zog er sich zurück und dachte nach. Er wurde nie reich durch seine Kutsche, aber er lebte nicht in Elend. Heute erzählte er mir viel über die Weisheit des Todes, die nur wenige verstehen. »Der Tod, mein Junge, sagt uns jede Stunde: Lebe! Lebe! Lebe!«

Mein Alter hatte heute einen schlechten Tag und war am Abend mies gelaunt. Als Onkel Salim zu ihm kam, um mit ihm Tee zu trinken, bemühte sich mein Vater, fröhlicher zu sein. Er mag Onkel Salim sehr und achtet ihn, aber vor dem alten Nachbarn kann man nichts verbergen. Er ist kurzsichtig, aber er hat immer den Durchblick.

»Mache es wie ich«, empfahl er meinem Vater. »Ich hatte auch manchmal sehr schlechte Tage, und trotzdem habe ich gelernt, mich auch dann zu Hause gut zu fühlen.«

»Wie denn, Onkel?« wollte mein Alter wissen.

»Wenn du das Haus erreichst, steh vor der Türschwelle und sage deinem Kummer: ›Steig ab von meiner Schulter, Kummer, steig ab!‹ Und dann gehst du hinein, und am nächsten Morgen stehst du beim Hinausgehen an derselben Stelle und sagst: ›Kummer! Jetzt kannst du wieder auf meine Schultern steigen!‹ Du darfst ihn aber nicht vor der Haustür vergessen, denn sonst rächt er sich bald.«

Mein Vater lachte, streichelte die Knie von Onkel Salim und sagte: »Aber was ist, wenn mein Kummer durch die Ritzen der Tür hinter mir herkommt? Hm?«

»Ja, dann rufe deinen Freund Salim, und ich komme mit meinem Dolch, und du wirst sehen, da wird er wie ein Hund kuschen und hinausschleichen!«

Wir lachten alle, und ich hatte das Gefühl, daß der Kummer tatsächlich verschwunden war.

*15.4.*

Ein Tourist hat sich in der Nähe unserer Straße niedergelassen. Er hat eine Genehmigung von der Regierung erhalten, und wie Mahmud mir erzählt hat, ist er schon lange zum Islam übergetreten. Anders als Robert ist er nicht lustig, er läuft mit einem Gesicht herum, als würde es morgen ein Erdbeben geben.

Er ist so streng, daß seine muslimischen Nachbarn die Nase voll von ihm haben. Am Anfang haben sie ihn noch bewundert! Sie lobten seine Frömmigkeit. Er verbraucht viel zuviel Wasser, weil er sich fünfmal und sein Auto einmal am Tag wäscht. Damaskus ist aber so staubig, daß das Auto sofort wieder schmutzig wird. Das wäre, glaube ich, nicht schlimm, aber sein Auto hat eine magnetische Anziehungskraft auf uns und die Hunde gehabt, und so pinkelten wir alle auf seine Autoreifen. Das entsetzte den Mann sehr, und er schrieb vier Zettel in roter arabischer Schrift und klebte sie von innen an die Fenster: »Pinkeln verboten!« Aber die Kinder lesen nicht, wenn sie pinkeln. Sie lachen bloß!

*18.4.*

Ich wollte sie unbedingt sehen. Mahmud schlug vor, den Fußball in den Hof ihres Hauses zu schießen. Ich schoß also den Ball in hohem Bogen über die Mauer, klopfte an die Tür und ging ins Haus hinein. Nadia, ihre Mutter und ihre beiden Brüder, diese Angeber, saßen im Hof. Ich fragte nach dem Ball. Der ältere Bruder grinste: »Nadia! Gib ihm den Ball, er ist hinter die Blumentöpfe gefallen.« Aber Nadia bewegte sich überhaupt nicht. Der jüngere der beiden stand auf, gab mir den Ball und flüsterte: »Sie ist komisch in letzter Zeit.«

»Laß Nadia in Ruhe«, rief ihm die Mutter zu, die sein Geflüster gehört hatte.

Nadia ist wirklich komisch. Nicht mal auf Wiedersehen sagte sie zum Abschied. Mahmud hat über sie geschimpft.

*26.4.*
Zwei Monate sind vergangen. Meine Kunden sind mit mir zufrieden, und kein Bäcker kann sie mir mehr wegnehmen. Mein Alter kommt langsam auf die Beine, seine Schulden werden immer weniger, und seine Bäckerei blüht auf.

Ich finde die Arbeit langweilig. Sie ist nicht schwer. Ich kann jetzt die Körbe besser tragen, und die Treppen machen mir nichts mehr aus. Nur die Langeweile! Ich lese viel, aber außer in mein Tagebuch schreibe ich wenig.

Onkel Salim gibt mir Kraft, jeden Tag. Er besteht darauf, mit mir über meine Arbeit zu reden. Er schimpft mit mir, und manchmal muß ich ihn sogar beruhigen, daß die Bäckerei nicht immer die Hölle ist.

Nur bei Mariam fühle ich mich wohl. Sie läßt mich nie gehen, bevor ich einen Tee oder einen Kaffee getrunken habe. Ich mag sie sehr und glaube, daß sie mich auch mag. Bis jetzt aber habe ich noch nicht raus, weshalb sie manchmal so glücklich und fröhlich wie ein Kind sein kann.

Nadia ist seit über einer Woche in dem Dorf bei ihren Großeltern. Warum, weiß ich nicht.

*28.4.*
Eine tolle Überraschung! Mariam hat mir heute ein blaues Hemd geschenkt. Wie hat sie bloß gewußt, daß ich Blau über alles liebe?

»Mit deiner weißen Hose wirst du toll aussehen«, sagte sie und gab mir einen Kuß auf die Wange. Ob sie mich liebt? Onkel Salim sagt, Liebe hat mit dem Alter nichts zu tun, aber ich soll achtgeben, damit ihr Mann mich nicht erwischt.

Übertreibt er, oder habe ich meine Erzählungen über Mariam zu stark gepfeffert?

*29.4.*
Ich habe Mariam heute einen Kuchen mitgebracht. Ich erzählte ihr von meinem Berufstraum, und sie lachte – ich weiß nicht, warum – und versprach, mir zu helfen. Ein Nachbar von ihr heißt Habib und ist ein guter Journalist. Sie wird ihm von mir erzählen. Ich soll morgen ein leckeres Brot mitbringen.

*30.4.*
Ha! Es hat geklappt. Mariam ist prima. Sie hat mich wirklich zum zweiten Stock begleitet und geklingelt. Ein etwa fünfzigjähriger Mann öffnete nach einer Weile die Tür. Er war noch im Schlafanzug. Gähnend lächelte er und bat uns herein. »So elegant sind die Bäcker geworden«, sagte er. Ich hatte meine weiße Hose, meine weißen Sportschuhe und natürlich das blaue Hemd von Mariam an. Mein Vater hat deswegen auch den ganzen Tag lang gemeckert.

Habib nahm das Brot und roch daran. »Köstlich! Mariam hat wirklich nicht übertrieben!«

Wir tranken Tee in einem völlig unordentlichen Zimmer, und Mariam war wieder froh wie ein Kind. Beim Abschied fragte er mich, ob ich ihm jeden Tag ein Pfund vorbeibringen könnte. Und ob ich kann!

*Freitag*
Ich wußte, daß Habib heute frei hat. Das beste Brot habe ich ihm ausgesucht. Extra knusprig gebacken, wie er es mag. Ich brachte es ihm, als ich meine Runde beendet und etwas Zeit für mich hatte, bevor ich in einer Stunde die Mittagsrunde beginnen mußte. Er lud mich zum Tee ein, und ich setzte mich in sein Wohnzimmer, bis er den Tee ge-

kocht hatte. Überall lagen Bücher und Zeitungen herum, vor allem französische. Seine Hose lag auf einem Stuhl, und auf dem überfüllten kleinen Tisch standen eine Arrakflasche, ein großer Aschenbecher und mehrere Gläser. Wahrscheinlich hatte Habib gestern Gäste gehabt.

Ein dickes Buch von Khalil Gibran lag auch herum. Ich liebe diesen Autor sehr, aber ich kenne nur einige Sachen von ihm. So blätterte ich in dem Buch, als Habib mit der Teekanne hereinkam.

»Magst du Gibran?« fragte er mich.

»Natürlich mag ich ihn. Er liebt Kinder und versteht sie am besten.«

»Weißt du viel von seinem tragischen Leben?«

»Natürlich«, gab ich an, obwohl ich nur wußte, daß der beste libanesische Dichter erst im Ausland bekannt werden mußte, bevor seine Heimat ihn anerkannte. Er war Emigrant in Amerika.

»Und du gibst nicht etwa an?« fragte Habib etwas mißtrauisch.

»Nein! Wieso denn? Soll ich dir was vortragen?« fragte ich selbstsicher, da ich zwei Stücke von Gibran auswendig kenne.

»Tu das, Junge. Es ist gut, Gibran zu hören.« Ich hatte Habib in Staunen versetzt. »Ein Bäckerjunge liebt und schätzt Gibran, und der Chefredakteur fragt, wer Gibran war«, sagte er leise wie zu sich selbst.

Ich erzählte ihm, daß ich Journalist werden will, und bat ihn, mir etwas von diesem Beruf beizubringen.

»Vergiß es, mein Junge! Lieber wäre ich Bäcker; der weiß zumindest, daß er was Nützliches tut.«

Irgendwie habe ich Angst vor Habib. Er ist anders als Onkel Salim. Er spricht oft sehr schroff. Ich wagte es nicht einmal, bei ihm zu rauchen, obwohl ich meine Zigaretten dabei hatte. Im Gegensatz zu Onkel Salim ist er verbittert und wütend auf alles und wechselt plötzlich über zu explosiver Freude. Er lachte über meine Zukunftsträume, und ich fürchtete, daß er mich nicht mehr sehen will, aber beim Abschied gab er mir das Gibran-Buch. »Nimm es. Ich will mit dir darüber reden, aber vergiß die Zeitung!«

*10.5.*

Mahmud ist aus der Schule raus. Sein Vater will auch nicht mehr. Er kann die neun Mäuler alleine nicht ernähren. »Sie bringen die Kinder zur Welt, und dann jammern sie«, fluchte Mahmud, der genau wie ich gern in die Schule gegangen ist. Am liebsten wäre Mahmud Pilot geworden und hätte die Welt bereist. Die Armut erstickt unsere Träume, noch bevor sie zu Ende geträumt sind.

Er arbeitet jetzt in einem Café in der neuen Stadt. Von der Bande ist nur noch Josef in der Schule geblieben. Seine Mutter will, daß er Arzt wird. Sie hat einige Felder in der Nähe der Stadt geerbt, und deren Wert steigt Jahr für Jahr. Die Mutter spart alles für sein Studium. Josef und Arzt! Nein! Lieber lasse ich mich von einem Metzger operieren als von Josef, der nicht einmal weiß, wie man ein Herz von einer Niere unterscheidet. Er will Offizier werden und entsetzt damit uns und seine Mutter.

*14.5.*

Heute habe ich große Zweifel, ob meine Entscheidung, in Damaskus zu bleiben, richtig war. Ich bin heute nachmittag die Treppe hinuntergerutscht und habe meinen linken Arm aufgeschürft. Es tut höllisch weh. Und das Brot grabschten sich die Bewohner dieses gottverdammten Hochhauses.

Josef sagte, Perlen brauchen das weite Meer, das saubere Wasser und die Sonne, um geborgen in der Muschel aufzuwachsen. »Hast du jemals eine Muschel gesehen, die in den Kloaken von Damaskus Perlen zur Welt gebracht hätte?«

fragte er traurig. Er traf, ohne es zu wissen, eine offene Wunde bei mir. Die Bäckerei macht mich fertig. Was wird noch aus mir?

*16.5.*

Ich wußte nicht, daß Onkel Salim so wütend sein kann. Heute hat er lange seine Wasserpfeife vorbereitet, dann machte er sich einen Tee und setzte sich auf den Hof vor seine Haustür. Die Kinder spielten mit einem kleinen Tennisball. Onkel Salim mahnte die Kinder, für eine Stunde Ruhe zu geben, bis er die Wasserpfeife geraucht habe, aber die Kinder des Lastwagenfahrers Abdu spielten weiter.

Plötzlich traf der Ball die Wasserpfeife. Sie fiel zu Boden, zerbrach zum Glück nicht, aber der Tabak war über den ganzen Vorplatz verstreut. Geflucht hat er auf die Rotznasen, die ihm seinen ganzen Spaß verdarben. Der Vater der Kinder fühlte sich beleidigt. Er sagte, Onkel Salim solle doch kein Theater machen wegen einer Pfeife und bot ihm eine Packung Zigaretten dafür an.

»Du solltest lieber deinen Kindern beibringen, daß ich auch ein Recht auf einen Quadratmeter vor meiner Tür und eine Stunde Ruhe am Tag habe«, schrie der Alte. Ein wilder Streit brach vom Zaun, und der Lastwagenfahrer beleidigte Onkel Salim, er sei ein eingebildeter Pascha. Onkel Salim wurde wild und beschimpfte den Mann wüst. Mein Vater hörte den Streit und bat meine Mutter, schnell eine große Kanne Kaffee zu kochen. Er eilte in seinem Pyjama hinunter und redete erst auf den Lastwagenfahrer und dann auf Onkel Salim ein. Beide beruhigten sich ein wenig, und als meine Mutter den Kaffee servierte, war der Streit vergessen, und die Frau von Abdu brachte Onkel Salim eine prächtig geschmückte Wasserpfeife.

*22.5.*

Nadia ist wieder da! Endlich habe ich sie wiedergesehen! Und vorhin hat sie mir heimlich einen dicken Briefumschlag in die Hand gedrückt. Es sind Briefe, die sie die ganze schlimme Zeit über an mich geschrieben hat. Und ich schwachsinniger Idiot hatte an ihrer Liebe gezweifelt. Ich könnte mir in den Hintern treten! Sie liebt mich!!!

So schöne und traurige Briefe habe ich noch nie gelesen. Jetzt weiß ich auch, weshalb sie so seltsam zu mir war. Ihr Bruder hat gesehen, wie wir uns küßten, und hat es dem Vater verpetzt. Der Barbar hat sie geschlagen, sie in ihr Zimmer gesperrt, der ganzen Familie mit Strafen gedroht, wenn sie das jemandem sagten. Nadia mußte allein in ihrem Zimmer essen. Nur der Vater sperrte ihr abends die Tür auf und erlaubte ihr, auf die Toilette zu gehen.

Später ließ er sie dann doch heraus, hetzte jedoch ihre beiden Brüder auf sie. Sie jagten ihr solche Angst ein, sagten ihr, daß sie alles von Mahmud und Josef erfahren könnten, da ich immer mit ihr angeben würde. (Das stimmt nicht, weil ich den beiden fast nichts von Nadia erzählt habe!) Sie hat an mir gezweifelt und war so verängstigt, daß sie krank geworden ist. Ihr Vater hat sie dann zu seinen Eltern aufs Land geschickt, wo sie Ruhe hatte und ihre Liebe zu mir noch viel stärker spürte. Sie will mich treffen, aber ihre Brüder lassen sie nicht allein.

Ich muß vorsichtig sein, damit Nadia nichts passiert.

*23.5.*

Onkel Salim kocht sehr schlecht. Er hat es nie richtig gelernt, und er ist viel zu stolz, jemanden um Hilfe zu bitten. Meine Mutter und die anderen Nachbarinnen lassen sich immer wieder Neues einfallen, damit der stolze Witwer etwas Leckeres zu essen bekommt.

»Du verstehst viel mehr vom Essen als mein Mann. Er

sagt, es schmeckt nach gar nichts. Probiere doch bitte von diesem Teller, und sage mir ehrlich deine Meinung.«

»Ich habe mir beim Kaffeetrinken die Zunge verbrannt. Koste mal dieses Tellerchen, ob noch etwas fehlt.«

»Heute ist es mir nach fünfzehn Jahren endlich gelungen, dieses schwierige Gericht zu machen. Ich möchte, daß du es lobst.«

»Du glaubst es mir nicht, aber heute habe ich die heilige Maria im Traum gesehen, und sie hat zu mir gesagt: ›Spende einen Teller Bohnen dem liebsten Menschen außerhalb deiner Familie, sonst kriegst du zum zweitenmal die Masern.‹ Onkel, lieber als dich habe ich niemanden, und Masern will ich nicht.«

Onkel Salim aß, um die Masern abzuwehren, um den Männern zu bestätigen, daß ihre Frauen traumhaft kochen konnten, um festzustellen, daß vielleicht eine Prise Koriander fehlte, die man auch hätte weglassen können, aber jede Woche bekam er ein prächtiges Essen.

*28.5.*

Ich muß Nadias Briefe immer wieder lesen. In einem schreibt sie: »Wenn sie auch mein Herz herausreißen. Ich werde Dich, mit allem was mir bleibt, lieben.«

Ich hab Mahmud davon erzählt, und er war beschämt, weil er so eine schlechte Meinung von ihr hatte. Wir müssen uns unbedingt etwas ausdenken, daß ich sie treffen kann, ohne daß ihre Eltern etwas merken.

*10.6.*

Seit über elf Tagen habe ich nichts geschrieben!

Ich blicke nicht ganz durch, aber ich ahne, daß Mariam ein Verhältnis mit Habib hat. Heute habe ich sie bei ihm gesehen. Habib war ganz durcheinander. Er war kurz angebunden und wollte mich nicht hereinlassen, aber Mariam sagte: »Er ist ein guter Junge!«

Irgendwie wurmt mich das. Ich bin kein guter Junge! Wie meint sie das? Ich muß es wissen! Vielleicht ist Habib der Grund ihrer oft so plötzlichen Fröhlichkeit. Ich Trottel dachte, sie liebt mich! Ein guter Junge? Was weiß sie schon!

*14.6.*

Mahmud schrieb sein zweites Theaterstück. Der Held ist natürlich Ahmad Malas. Eine grausige Geschichte:

Ein Rundfunkredakteur ist berühmt geworden, aber er hat keinen Einfall mehr. Ein Kollege gibt ihm einen Tip. Er solle doch in den Knast gehen. Die Gefangenen erzählen für eine Schachtel Zigaretten und manchmal gar umsonst gern ihre Geschichten. Es seien ganz heiße Geschichten, wenn man sie etwas würzt. Und es wäre ein Knüller, wenn einer von denen vor dem Mikrophon erzählen würde, er hätte alle diese Morde, Diebstähle und Gaunereien begangen. Die Menschen draußen flippen aus, wenn sie das hören. Wenn er auch noch ein paar Fotos von den Gefangenen organisiert, könnte er die Geschichten in einer Zeitung veröffentlichen. Zwei Fliegen mit einer Klappe.

Mahmud beschreibt den Redakteur als einen, der mit zwei Klappen sich selbst, aber keine Fliege trifft. Der Redakteur geht in den Knast, aber die Gefangenen reden nicht für alles Geld der Welt vor einem Mikro. Sie haben genug in den Jahren gelitten und wegen irgendwelcher Aussagen, die sie gemacht hatten, Scherereien bekommen. Einige Gefangene geben aber nach langem Hin und Her ihre Lebensläufe preis unter der Bedingung, daß der Typ nur Notizen macht und keinen Namen erwähnt. Das akzeptiert er und sammelt einen Haufen Material, das für sich alleine langweilig, aber, gewürzt und auf eine Person konzentriert, das grausige Bild einer Bestie zeichnet.

Ein Kollege gibt dem einfallslosen Redakteur einen zweiten Tip. Es gebe viele alte Künstler, die einen Haufen Schulden und keinen Job haben und den Gauner spielen könnten. Nach langer Suche findet er einen alten Schauspieler, der es unter der Bedingung tun würde, daß der Redakteur nach der letzten Folge die ganze Sache aufklärt.

Die Serie fängt an, und der Mann erzählt mit Genuß, wie er die Omas und Opas erwürgt, Passanten überfallen und Kindern das Essen vom Munde geklaut und sie mißhandelt hat. Er schneidet Grimassen und läßt sich mit zerzausten Haaren und Stoppelbart fotografieren, und die Zeitungen sind ausverkauft.

Nun kommt die dritte Folge, und der Redakteur beendet sie im Radio wie in der Zeitung, ohne sein Wort zu halten und zu sagen, daß der Mann ein Schauspieler ist. Die Nachbarn des Mannes meiden ihn, und manche spucken ihn an. Nicht einmal die Händler wollen ihm was verkaufen, denn sein Bild ist in der Stadt bekannter als das des Staatspräsidenten. Der arme Teufel geht immer wieder zum Rundfunk, aber der Redakteur läßt ihn nicht zu sich, und wenn der Schauspieler es nach Stunden des Wartens schafft, so tröstet ihn der Redakteur und verspricht ihm, morgen oder übermorgen die Wahrheit zu veröffentlichen.

Nach einem Monat ist der Mann total heruntergekommen, aber die Nachbarn vergessen ihn nicht, wie ihm der Redakteur versprochen hat. Am Ende lauert der Schauspieler zerlumpt und ausgehungert dem Redakteur auf und tötet ihn. Die Zeitung macht eine vierte Folge, das Radio auch, und die Nachbarn atmen erleichtert auf, daß der Mann jetzt endlich hinter Gittern sitzt.

Mahmud vergißt nichts. Ob jemals ein Theater dieses Stück aufführt, ist eine andere Sache. Habib und Onkel

Salim sind davon begeistert. Ich habe ihnen davon erzählt. Das mit den Nachbarn hat mir nicht so gefallen, aber Mahmud sagt, daß die Leute wohl alles glauben, wenn man es ihnen genug einbleut.

*24.6.*
Traurige Tage haben wir alle hinter uns. Am letzten Mittwoch hatten wir in der Bäckerei viel um die Ohren. Ich hatte gerade die Mittagsrunde beendet und wollte mich etwas ausruhen, als die Achse der Teigmaschine brach. Mein Vater wechselte sie mit Müh und Not gegen eine neue aus, die er in Reserve hatte, und war eigentlich ganz ruhig. Er sagte gerade: »Wir haben alle einen prächtigen Tee verdient«, als ein Polizeiauto vor der Tür der Bäckerei hielt. Zwei Zivilpolizisten sprangen heraus, stellten sich vor der Tür auf und versperrten sie mit ihren Maschinenpistolen. Ein Mann im feinen Anzug stieg langsam aus dem Auto und schaute sich unsere Bäckerei an. Mein armer Vater trocknete sich nervös die Hände am Zipfel seines Kittels und flüsterte: »Heilige Maria, schütze mich! Heilige Maria, steh mir bei!«

Der elegante Mann war vielleicht dreißig. Er erkundigte sich nach dem Namen meines Vaters, und als der Arme ihn aussprach, sagte der Mann mit unbewegter Miene: »Komm mit!«

»Was habe ich getan, Herr?«

»Du brauchst keine Angst zu haben, wenn du nichts getan hast«, antwortete der Mann sehr leise und gab durch einen Wink den Polizisten den Befehl, die murrenden Kunden vor der Tür zu vertreiben. Es war nur ein winziger Augenwink, und sofort schlugen die zwei Polizisten mit dem Gewehrkolben auf die Leute ein. Mein Vater sah entsetzt zu. Zum erstenmal sah ich ihn so blaß.

»Wohin?« fragte er unbeholfen. »Ich meine, soll ich den Kittel ablegen und die Jacke mitnehmen?«

»Ja, es wäre besser, du nimmst die Jacke mit«, sagte der Mann.

»Heilige Maria«, flüsterte mein Vater und nahm seine Jacke vom Haken, warf den Kittel in die Ecke, dann streichelte er mir übers Haar. »Hab keine Angst, mein Junge. Ich bin gleich wieder da«, murmelte er und ging hinaus.

Als einer der Polizisten meinem Vater Handschellen anlegte, wich die Lähmung von mir. Ich stürmte hinaus, packte die Jacke meines Vaters und wollte ihn zurückzerren, als er ins Auto geschoben wurde. Ein Polizist schlug auf mich ein, aber ich krallte mich fest und schrie um Hilfe. Da trat mich dieser Verbrecher in den Bauch, und ich taumelte zurück. Zwei Arbeiter der Bäckerei fingen mich auf, und irgendeiner rief laut: »Ihr dreckigen Hunde. Er ist doch noch ein Kind!«

Das Auto brauste davon. Die erschrockenen Nachbarn eilten herbei, und der Blumenverkäufer brachte mir ein Glas Wasser. »Trink das, mein Junge. Es ist gut gegen den Schock. Nur Gott bleibt da oben. Alle Arschlöcher stürzen!«

In der ersten Nacht, nachdem sie meinen Vater weggeholt hatten, konnten wir nicht schlafen. Meine Mutter weinte, und die Nachbarn kamen abwechselnd und wachten die ganze Nacht bei ihr. Sie machten sich große Sorgen um sie. Onkel Salim schlief auch nicht. Um vier Uhr morgens ging er, ohne ein Wort zu sagen, mit mir in die Bäckerei. Er übernahm die Kasse, verkaufte, ließ sich von den Arbeitern beraten, was er machen solle. Ich belieferte meine Kunden und eilte wie ein Pfeil zurück. Ich spürte keine Müdigkeit mehr. Ich wollte den alten Freund sowenig wie möglich allein lassen. Er ist über fünfundsiebzig und kurzsichtig. Aber er machte den ganzen Tag über Witze und beruhigte die Kunden, daß mein Vater bald zurückkommen würde.

Vier Tage haben sie auf meinen Vater eingeschlagen. Zweimal spielten sie mit der Pistole vor seiner Schläfe und drohten, ihn zu erschießen, wenn er nicht die Wahrheit sage. Als mein Vater immer wieder beteuerte, daß er nicht einmal wisse, was sie von ihm wollten, drückten sie ab. Die Pistole war nicht geladen, aber mein Vater fiel in Ohnmacht. Nur eines hat er nicht gemacht, als sie ihn zusammenschlugen. Er hat nicht geweint und nicht um Milde gefleht! Er hat es aber bei den anderen Gefangenen erlebt.

»Sage, wer du bist«, hatte ein Polizist von einem alten Bauern verlangt. Der arme Teufel hatte seinen Namen gesagt, und der Polizist hatte ihn so lange geschlagen, bis er die gewünschte Antwort gegeben hatte: »Ich bin ein Hund! Ich bin ein Verräter!« Und wenn einer »um Gottes willen« rief, so lachte sein Folterer, nahm einen anderen Stock und sagte: »Hier ist der Wille Gottes.« Als mein Vater das erzählte, weinte er wie ein Kind. Onkel Salim küßte seine Augen und hielt ihm die Hand.

Vier Tage hatten die Verbrecher auf ihn eingeschlagen, bis sie entdeckten, daß sie meinen Vater mit einem Rechtsanwalt verwechselt hatten, der zufällig denselben Namen trägt und gegen die Regierung arbeitet.

Onkel Salim glaubt diese Erklärung nicht. »Sie schlagen dich, um uns die Knie weichzumachen. Sie wissen doch genau, daß dein Vater und deine Mutter anders heißen und daß du ein Bäcker bist«, sagte er und verfluchte die Regierung.

Ich war noch nie so stolz auf meinen Vater gewesen wie heute, und weil sie ihn geschlagen haben, liebe ich ihn wie noch nie zuvor. Es ist gut, daß ich nicht abgehauen bin. Das hätten er und meine Mutter nicht verkraftet, denn als erstes hatte er nach mir gefragt. Ich werde aber der Regierung nie verzeihen.

»Wer das Unrecht vergißt, der handelt sich ein zweites

ein«, bestätigte Onkel Salim, als ich ihm meinen Haß auf die Regierung anvertraute.

Vater hat uns gebeten, niemandem von der Folter zu erzählen, denn die Schweine haben ihm gedroht, ihn wieder für Monate zu quälen, wenn er nur ein Wort darüber sagen würde. Doch ich erzählte es Mahmud, und er denkt auch wie Onkel Salim. Wahllos rollt eine Verhaftungswelle über Damaskus und bringt vielen Menschen Leid und Demütigung.

Beinahe hätte ich es vergessen, aber bevor ich heute abschließe, muß ich noch was aufschreiben. Als Onkel Salim meinem Vater den Umsatz der vier Tage übergab, wollte mein Vater ihm Geld für seine Arbeit geben, aber der Gute lehnte es ab, auch nur einen einzigen Groschen anzunehmen. Da beschwor ihn mein Vater, mir zuliebe jeden Sonntag bei uns zu Mittag zu essen.

Onkel Salim nahm diese Einladung auf seine witzige Art an. »Das tue ich gerne, dann kann ich meinem Freund einige meiner dummen Geschichten erzählen, er vergißt sein Essen, und ich kriege dann zwei Portionen.«

*26.6.*

Nadia steckte mir schnell einen Brief zu. Sie schrieb ganz lieb, daß sie es erst gestern nacht erfahren hat. Ihr Vater soll gesagt haben, sie hätten viele Verdächtige verhaftet und ausgefragt, und die Regierung hätte wieder einen Putsch verhindert. Sie schrieb, daß sie ihren Vater verachtet, der allen Regierungen den Arsch leckt. Großartig!

*29.6.*

Ich wollte von Habib erfahren, was das für eine Verhaftungswelle war, ohne ihm von meinem Vater zu erzählen. Er wohnt ja etwas weiter weg und hat es nicht mitgekriegt. Ich fragte ihn, aber Habib antwortete nicht. Er wurde still und wollte nach einer Weile wissen, ob ich Gibran gelesen hätte. Ich fuhr ihn an, Gibran interessiere mich jetzt nicht. Ich wolle es wissen, weil ein Freund von mir ohne Grund verhaftet worden sei. Er schwieg und schaute mich mit traurigen Augen an.

»Ohne Grund? Seit wann braucht diese Regierung einen Grund, um Menschen zu foltern?« Er lachte wie ein Wahnsinniger, stand auf und schlug mit der Faust gegen die Wand. Ich hatte Angst, weil er mich dabei mit aufgerissenen Augen anstarrte. Ich wollte mich lieber verdrücken. Doch dann wurde er wieder ganz ruhig.

»Frage deinen Vater, ob er jemanden in der Bäckerei braucht. Ich würde gern bei ihm arbeiten. Für ein Brot arbeiten«, sagte er beim Abschied.

Ein merkwürdiger Kerl, dieser Habib!

*10.7.*

Heute weiß ich, daß Mariam Habib liebt! Ich wollte es wissen, aber jetzt bedauere ich meinen Eifer. Sie liebt ihn und nicht mich. Meine Zweifel haben mich in den letzten Tagen ganz schön geplagt. Ich liebe Nadia, aber ich wollte auch wissen, wie Mariam zu mir oder Habib steht. Ich habe sie gestern gefragt, ob sie ihn liebt. Sie hat nein gesagt, aber sie findet ihn nett als Mann, sonst interessiert er sie überhaupt nicht. (Mein Gott, wie sie das betont hat!) Sie hat gesagt, sie mag mich, aber ich sei sehr jung. Sie hat ja recht. Sie liebt Habib aber doch.

Ich habe ihr gestern von der Folterung meines Vaters erzählt und sie gebeten, es niemandem zu sagen. Sie hatte nicht gewußt, was passiert war, sich aber gewundert, daß ich in den vier Tagen keine Zeit für sie gehabt hatte – Habib war das egal!

*11.7.*
Heute brachte ich Habib sein Brot und wollte gleich wieder gehen, aber er bestand darauf, daß ich ihn besuche. Er war wieder betrunken, wie so oft in letzter Zeit. Ich wollte ihn nicht enttäuschen und ging also hinein. Er machte mir einen Tee und fragte plötzlich, warum ich ihm nicht erzählt hätte, daß mein Vater verhaftet und gefoltert worden sei. Ich weiß jetzt nicht, wie ich auf die Antwort kam: »Weil du in der Regierungszeitung arbeitest.«

Ich werde in meinem ganzen Leben seinen Blick nicht vergessen! Er war nicht nur voller Überraschung, Trauer und Wut, eine Art Scham lag darin, und ich schaute weg, weil ich wußte, daß meine Antwort ihn tief verletzt hatte. Leise murmelte er, daß er nicht mehr lange bei der Zeitung arbeiten könne. Sie mache ihn fertig. Viele seiner Freunde seien verhaftet worden, und er dürfe keine Notiz darüber schreiben. Er redete über seine Einsamkeit. Seine Stimme wurde immer trauriger, aber geweint hat er nicht. Er ist überhaupt ein ganz harter Typ. Ohne eine Träne zu verlieren, schilderte er mir, wie er von der vorherigen Regierung verfolgt worden war und wie sie seine Frau erschossen haben. Er war damals ins Ausland geflohen und erst zurückgekommen, als seine Partei die Macht übernommen hatte. Sein Freund war inzwischen Chefredakteur geworden, und Habib hatte eine wichtige Stelle in der Redaktion vermittelt bekommen. Aber nach weniger als einem Jahr hatte er sich mit dem Freund überworfen, der genau wie die früheren Regierungen die Zeitung zum Lügenblatt verwandelt und seine Träume einem schönen Haus und einem Dienstwagen geopfert hatte.

Viele Journalisten sind abgehauen, aber Habib ist bereits fünfzig. Er ist müde vom Rennen und will nur noch leben.

Ich hatte auf einmal Mitleid mit ihm und verlor innerhalb einer halben Stunde all die Angst der früheren Monate vor ihm und zündete mir eine Zigarette an. Habib nahm es nicht einmal zur Kenntnis.

»Was wirst du machen?« fragte er mich beim Abschied.

»Das wirst du schon sehen«, antwortete ich knapp.

*22.7.*

Ich habe mit Mahmud geredet, und wir haben eine Aktion gegen drei Schnüffler beschlossen, die in unserem Viertel leben. Nadias Vater wohnt in unserer Straße, ein anderer in der Schulstraße und der dritte in der Nähe von Habibs Wohnung.

Mahmud wollte Josef nichts davon sagen, weil Josef sich immer mehr für die Armee begeistert. Wir setzten einen kurzen Text auf und unterschrieben ihn im Namen der Schwarzen Hand: »Vergiß nicht, Schnüffler! Wir sind wie die Kamele. Wir vergessen nichts, und du wirst eines Tages deine Strafe bekommen.«

*29.7.*

Man sagt, der Fuchs sei das schlaueste Tier der Erde. Der Mensch, denke ich, ist jedoch füchsiger als der schlaueste Fuchs. Mahmud hat es heute bewiesen.

Mahmuds Vater kauft immer zwei Sorten Tee. Einen billigen für die Familie, da seine neun Kinder jeden Tag eine große Menge trinken, und eine feine Ceylonsorte für sich. Die hält er hinter Verschluß. Heute war Mahmuds Mutter mit acht ihrer Kinder eine Freundin besuchen gegangen. Mahmud blieb zu Hause. Sein Vater kam von der Arbeit, wusch sich und machte seinen Tee. Plötzlich entdeckte er, daß kein Zucker mehr im Haus war. Als hätte er Angst um seinen kostbaren Tee, stellte er ihn in den Fliegenschrank, schloß dessen Tür ab und eilte zum Händler um die Ecke, um Zucker zu holen. Mahmud hatte ihn die ganze Zeit von meinem Zimmer aus beobachtet, und als der Vater aus dem

Haus war, schlich er sich in die Küche. Raffiniert steckte er einen Strohhalm durch das Fliegengitter, schob damit den Deckel zur Seite und schlürfte genießerisch den Tee. Zwischendurch pustete er, weil der Tee noch sehr heiß war, was Mahmud aber nicht daran hinderte, die ganze Kanne leer zu saufen. Mit dem Strohhalm in der Hand stürmte er dann in mein Zimmer zurück, und wir warteten, bis der Vater pfeifend zurückkam. Ich werde nie im Leben sein Gesicht vergessen, als er die Kanne aus dem Schrank nahm und in ihren leeren Bauch schaute. Erst sprach er zwei bekannte Formeln aus dem Koran gegen böse Geister, dann aber hielt er inne und schrie: »Mahmuuuuuud! Komm sofort her!« Als Mahmud mit der Unschuldsmiene eines Lammes an der Tür erschien, schaute ihn der Vater an und lachte: »Hast du dir wenigstens den Mund verbrannt?« Mahmud nickte verschmitzt.

*3.8.*

Josef war wahnsinnig sauer. Er hörte von unserer Aktion von Nadias Bruder. Er hat Angst, daß sein Traum vom Offizierwerden futsch ist, wenn das rauskommt. Wir schrien uns an, und er sagte, wir hätten kein Recht, den Namen der Bande, die er gegründet hat, zu mißbrauchen. Wenn wir es noch mal tun, wird er uns anzeigen!

*7.8.*

Bin Josef auf der Straße begegnet, und er hat nur sehr kühl gegrüßt und ist davongeeilt. Er wollte nicht mehr mit mir gesehen werden. Komisch!

*14.8.*

Onkel Salim erzählte mir eine kurze Geschichte, die er gehört hat. Er nannte das Land nicht, aber ich glaube, diese Geschichte kann an vielen Grenzen jeden Tag passieren:

Ein Fahrgast lachte über die anderen Mitfahrenden, als sie sich der Grenze näherten. Überhaupt war der Mann merkwürdig angezogen. Er hatte nur ein Tuch um das Gesäß gebunden.

»Du hast Schokolade, du ein Radio und du einen Recorder«, sagte er und lachte. »Sie werden euch an der Grenze alles wegnehmen. Dieses Land kenne ich, da darf man nichts einführen.«

Den Leuten war der Mann unangenehm, doch der wurde nicht müde, sie aufzuziehen. »Was hast du noch da? Eine Uhr, ein Hemd. Und du da, wie willst du mit diesem Mantel durchkommen?«

Die Leute wurden immer nervöser, je näher sie der Grenze rückten. Langsam begriffen sie, warum dieser Kerl fast nackt war, und selbst das Tuch, das er trug, war in jenem Land produziert.

Als die Kutsche die Grenze erreichte, waren die Zollbeamten noch strenger mit jedem Fahrgast, als der fast nackte Mitfahrer es vorausgesagt hatte. Er blieb sitzen und lachte, während die Zollbeamten alles beschlagnahmten: Radios, Schokolade und Mantel.

Als er an der Reihe war, triumphierte er.

»Ich bin nackt, und das Tuch ist ja bei euch hergestellt!«

»Du weißt viel, nicht wahr?« fragte der Zollbeamte mit unbewegter Miene.

»Ja, ich lese viel!« protzte der Mann.

»Und was liest du?« erkundigte sich der Zollbeamte.

Der Mann zählte viele Bücher auf, und der Beamte notierte geduldig jeden Titel und erkundigte sich höflich danach, wie man den Autorennamen richtig schreibe.

Sobald der Mann aufhörte, fragte der Zollbeamte: »War das alles?«, und der Mann protzte mit einer neuen Reihe von Büchern, die er gelesen hatte. Der Beamte schrieb alles auf, bis es dem Mann dämmerte und ihm übel wurde. Er schwieg.

»So«, sagte der Beamte zu dem Besserwisser, »zweihundert Bücher trägst du im Kopf und willst sie schmuggeln. Und die Hälfte dieser Bücher sind verboten. Was diese Schmuggler sich auch immer wieder für neue Methoden einfallen lassen!« schimpfte er und schickte den Nackten dorthin zurück, woher er gekommen war.

*16.8.*

Im Abassie-Kino werden heiße Filme gezeigt, einmal im Monat in einer Mittagsvorstellung, die es normalerweise nicht zu sehen gibt. Der schlaue Kinobesitzer besticht die Polizei, und die drückt Augen und Ohren zu. Die Karte kostet aber nicht wie sonst eine, sondern drei Lira. Ein Vermögen macht dieses Schwein durch diese monatlichen Vorstellungen.

Das Kino ist neu und riesig groß, und die mehreren hundert Zuschauer erfahren durch Mundpropaganda, an welchem Tag im Monat der heiße Film gezeigt wird. Der Tag wird angeblich geheimgehalten, damit die Polizei es nicht erfährt. Wie aber, fragt mich Mahmud, kommt es, daß die Polizei nicht erfährt, wenn über sechshundert Leute in der Mittagshitze in dieses eine Kino gehen? Dieselbe Polizei weiß sofort, wenn fünf Personen sich treffen, um Tee zu trinken, und sie werden gewarnt, daß sie seit Wochen beobachtet werden.

Ich bin heute mit Mahmud zum erstenmal dort gewesen. Wie ein Demonstrationszug sah die Schar der Menschen aus, die in das Kino strömte. Keine Kasse und keine Ankündigung, jeder hatte aber zufällig irgendwo eine Karte gekauft!

Der Film war scharf. Lauter Sexlokale in Europa wurden gezeigt, und die Männer stöhnten ihre Kommentare in den dunklen Kinosaal hinein. Als das Licht anging, blickte ich genau meinem ehemaligen Mathelehrer in die Augen. Er wurde rot, und ich spürte meine eigenen heißen Ohren. Er grüßte nicht, und ich tat es auch nicht. Jeder von uns schaute in eine andere Richtung. Mahmud hat es überhaupt nicht mitgekriegt. Als ich es ihm draußen sagte, lachte er über meine Hemmungen.

*20.8.*

»Ah! Ich habe auf dich gewartet!« grüßte mich Habib heute, als ich ihm sein Brot gab und gehen wollte. Er bestand darauf, daß ich mit ihm frühstückte. Ich hatte bis zur Mittagsrunde eine halbe Stunde Zeit, und so blieb ich.

»Das hast du gut gemacht«, sagte er und grinste.

»Was habe ich gut gemacht?« fragte ich etwas verwirrt.

»Das mit der Schwarzen Hand, du Gauner!«

Ich muß ihn wie gelähmt angeschaut haben, denn er lachte und meinte: »Schluck das Brot runter, sonst erstickst du noch daran!« Er drückte meinen Arm. »Du brauchst keine Angst zu haben«, sagte er. »Nur ich weiß es. Die Idioten von der Zeitung haben es vom Geheimdienst erfahren. Wir dürfen natürlich kein Wort darüber schreiben, aber als ich den Namen eurer Straße hörte, wußte ich es genau. Der Chef denkt wirklich, es sei eine Bande, und hat schon heute Schiß vor ihr. Gratuliere!«

»Du sagst aber der Mariam kein Wort«, antwortete ich, nachdem ich Luft geholt hatte.

»Wieso der Mariam?« fragte Habib erstaunt.

»Ich weiß es, aber ihr Mann, der Trottel, weiß es nicht«, erwiderte ich, und wir lachten wie zwei Verschwörer. Zum erstenmal spürte ich eine besondere Nähe zu ihm. Wie lange braucht der Mensch manchmal, um bis zum Kern eines anderen vorzudringen!

»Willst du wirklich Journalist werden? Eigentlich bist du

ja schon einer, aber wenn du einige Kleinigkeiten lernen willst, dann . . .«

»Ja!« unterbrach ich ihn begeistert. »Bring es mir bei, bitte!«

»Ab heute kommst du jeden Tag für eine Stunde nach 18 Uhr. Ich werde dir gern einiges zeigen, Kollege!« sagte er und umarmte mich zum erstenmal beim Abschied.

*26. 8.*

»Heute ist es genau sechs Monate her!« sagte Onkel Salim. »Bedauerst du deine Entscheidung?«

Ich hatte unsere Abmachung schon längst vergessen, aber dieser Freund sagt nie etwas nur so daher. Was er verspricht, ist ihm heilig.

»Nein, ich bin froh, daß ich geblieben bin«, antwortete ich. Tatsächlich bedauere ich es nicht. Ich werde hier Journalist!

*29.8.*

Herr Katib kam heute bei meinem Vater vorbei und überreichte ihm zwei Exemplare des Lyrikbandes, in dem meine Gedichte abgedruckt sind. Als ich kam, war er schon wieder gegangen. Mein Vater aber strahlte mir entgegen.

»Da ist mein junger Dichter!« rief er. Eine alte Kundin und der Fliesenleger von nebenan verstanden nicht, wer der Dichter sein sollte und warum mein Alter so fröhlich war. Er drückte ihnen schnell das Brot in die Hand und umarmte mich. Dann ließ er uns zwei Tassen Tee bringen.

»Was zahlst du mir, wenn ich dir eine gute Nachricht überbringe?« spannte er mich auf die Folter.

»Die Gedichte . . . sind . . . erschienen!« rief ich.

»So ein Geizhals!« rief mein Vater vergnügt. »Dabei wollte ich es dir doch sagen! Na gut, hier sind sie.« Er holte die zwei Bücher vom Schrank. Mein Herz klopfte so stark, daß ich nicht mehr atmen konnte. Mit weichen Knien setzte ich mich auf einen Hocker und schaute die Bücher an.

»Der fliegende Baum – Dichtung der Jugend« stand darauf. Ich glaubte meinen Augen nicht. Der Verleger hatte den ganzen Band nach meinem Gedicht benannt! Das Buch ist so wunderschön! Das Titelblatt in Aquarell gemalt. Ein blauer Mond schaut einem fliegenden Baum zu, und die Blätter sehen aus wie Sterne und Schwalben. Meine Hand glitt über die Seiten, und ich suchte meinen Namen im Inhaltsverzeichnis und dann innen im Buch.

Es steht auch etwas über mich drin. Im Vorwort erzählt der Verleger von meiner Begegnung mit ihm. Er schreibt, daß er finanzielle Schwierigkeiten mit dem Buch hatte, aber nach dem Gespräch mit mir – und er erwähnt sogar meinen Namen – war er dann überzeugt, daß das Buch gemacht werden sollte, koste es, was es wolle. O Mann! Ist das ein Tag! Ich habe das Buch mit in die Mittagsrunde genommen. Immer wenn ich zwei Kunden beliefert hatte, setzte ich mich irgendwohin und las und las. Ich konnte nicht genug kriegen. Die Gedichte der anderen Jugendlichen sind auch super!

Habib war nicht zu Hause. Mariam wollte das Buch haben, aber ich sagte ihr, sie solle es sich kaufen, wenn sie es will, denn das eine gebe ich Habib, und das andere behalte ich für mich, meine Eltern und Mahmud.

Ich flog fast nach Hause, und als ich an Nadias Tür vorbeikam, klopfte ich. Ich dachte gar nicht an die Gefahr und an ihre Brüder. Die Mutter kam lächelnd heraus und schaute mich erstaunt an.

»Meine Gedichte sind erschienen. Ich will sie Nadia zeigen!«

Nadia kam gleich angerannt. »Wir haben Glück, die zwei sind nicht da!« sagte sie atemlos. »Schön! Wunderschön!« flüsterte sie und streichelte mit der liebsten Hand der Erde den Mond auf dem Buch, dann mein Gesicht. Ich schob sie in den dunklen Korridor hinein und küßte sie auf die Lippen.

»Ah, deshalb wolltest du Gedichte schreiben«, neckte sie mich und lachte.

Ich rannte wie ein Wilder nach Hause. Meine Mutter dachte, ich sei verrückt geworden. Ich sang so laut wie noch nie – ich weiß, ich singe wie eine verrostete Gießkanne, deshalb verschone ich mich und die anderen normalerweise damit –, aber heute sang ich wild und in fremden Sprachen, die ich nicht kannte, und meine Mutter lachte und fragte, ob eine Schlange mich gebissen habe. Ich sagte ihr, diese Schreie müsse ich loswerden, da ich sie schon den ganzen Tag und die ganzen Monate in mir getragen hätte. Jubelnd packte ich sie um die Taille und drehte sie wirbelnd im Kreis.

»Herr Katib hat gesagt, daß er die Gedichte in der Klasse vorlesen wird, damit die Schüler an mich denken. Und das wird er jedes Jahr tun, damit sie mich nicht vergessen!« erzählte ich ihr, nachdem ich mich etwas beruhigt hatte.

Meine Mutter fing an zu heulen. »Dieser Herr Katib ist so ein großartiger Mensch. Wir sind sehr arm, aber die heilige Maria wird auf mich hören und sein Leben schützen. Sie hört immer die Rufe der Mütter.«

Ich bat sie, jetzt mit der heiligen Maria aufzuhören. Wir wollten doch feiern und nicht weinen. Ich holte ganze zwanzig Lira und gab sie ihr. Sie solle zwei Kilo Kaffee und ein Kilo Tee kaufen.

»Und ich?« meldete sich Leila, als ob nur die Nachbarn den Tee trinken sollten. Gut, ich habe ihr eine ganze Lira gegeben, und sie kaufte sich im Laufe des späten Nachmittags einen ganzen Eisbecher, Nüsse, Kaugummi und Zuckerwatte, und hinterher war es ihr speiübel. Meine

Mutter verpaßte ihr einen kräftigen Anistee, und Leila vermutet, daß es ihr schlecht wurde, weil ich ihr die Lira nicht aus vollem Herzen gab. Sie spinnt!

*PS:* Um 18 Uhr war ich bei Habib. Er staunte nicht schlecht über das Buch, das ich ihm schenkte. »Du bist eine Type«, sagte er und erklärte mir eine Stunde lang, wie ein Artikel aufgebaut wird.

*Sonntag*

Onkel Salim aß heute bei uns zu Mittag. Es war herrlich. Mein Vater lobte den guten Tee, den ich spendiert habe.

*1.9.*

Meine Eltern zeigen jedem das Buch. Habib erklärt mir unermüdlich die Arbeit in der Zeitung und wie man einen Artikel spannend schreibt. Er selbst ist aber todunglücklich über seine Arbeit. Er wird mir helfen, aus der Bäckerei rauszukommen. Ein Freund von ihm hat eine Buchhandlung in der neuen Stadt. Meinem Vater geht's gut. Wir haben keine Schulden mehr. Die Bäckerei bringt uns genug zum Leben.

*3.9.*

Mahmud erzählte mir, was gestern im Boxkampf passiert ist. Der berühmteste Boxer Syriens ist ein drittklassiger Schlägertyp, der es im Ausland zu nichts gebracht hat. Immer wieder verdrischt er schmächtige syrische Gegner, die ihn dann als Unbesiegbaren feiern müssen. Seit Wochen füllten Plakate die Häuserwände von Damaskus. Der Boxer hatte einen Champion aus den USA herausgefordert. Mr. Black Fire nahm die Herausforderung an und kam nach Damaskus. Die Karten wurden auf dem Schwarzmarkt für über zwanzig Lira gehandelt. Viele wollten eigentlich nur die herbe Niederlage des syrischen Angebers erleben und waren auf seiten des schwarzen Gastes, zumal er gute Worte für die Araber und Syrien fand. Er wurde laufend für Zeitungen, Zeitschriften und Radio in seinem teuren Hotel, dem Samir Amis, interviewt. Andere, vor allem die Anhänger des syrischen Angebers, wollten eine endgültige Bestätigung dafür haben, daß in ihrem Koloß noch etwas anderes steckt als Fett. Die Stadt sprach nur noch von diesem Kampf. Ich mag Boxen überhaupt nicht, aber Mahmud hatte eine Karte bei einem Journalisten im Café ergattert.

Der Boxer aus Amerika mußte tatsächlich furchterregend ausgesehen haben. Er brüllte auf englisch herum und wollte immer wieder die Zuschauer in den ersten Reihen angreifen, die sich über ihn lustig machten. Dann fing der Kampf an. Die erste Runde ging gemächlich zu Ende. Die zweite fiel mehr für den Gast als für den Angeber aus. Die Zuschauer feuerten den angeschlagenen syrischen Boxer an. Der ging in der dritten Runde seinen Gegner hart an und schlug ihn erbarmungslos zusammen. Der Amerikaner schleppte sich mit letzter Kraft zu seiner Ecke, und die Zuschauer, ob Gegner oder Anhänger, jubelten dem syrischen Koloß zu. Sie trieben ihn zu wilden Schlägen in der vierten Runde an. Plötzlich traf er den Gast kräftig auf die Nase, der taumelte zurück und fing an zu schreien, auf arabisch zu schreien! Er rannte vor dem Koloß davon und rief in den Saal, er sei gar kein Amerikaner, sondern ein Palästinenser. »Hilfe, Hilfe, er will mich umbringen!« – kreischte er laut, taumelte auf unsicheren Füßen durch den Ring und versuchte, sich hinter dem Ringrichter zu verstecken. »So war es nicht ausgemacht!« schrie er immer wieder und ließ den Richter die Schläge einstecken. Der syrische Koloß wollte nun den Gegner mit einem K.o. zum Schweigen bringen, traf aber immer wieder den Unparteiischen. Die Zuschauer fingen an zu randalieren, demolierten die Sitze und verließen nach einer ausgedehnten Schlägerei mit der Polizei den Saal.

»Er war ein Palästinenser«, berichteten die Journalisten, »der für ein wenig Geld und ein paar schöne Tage im Hotel dieses miese Spiel mitmachte. Der syrische Boxer hatte ihm versprochen, ihn milde zu schlagen, und erst in der 15. Runde sollte er nach einem Wink zu Boden fallen und ein K.o. vorgaukeln.«

Als ich es Onkel Salim erzählte, lachte er lange, dann sagte er: »Siehst du, dieses Boxspiel, mein Junge, ist genau wie die Politik in Arabien.«

5.9.
Habib drängt, daß ich es endlich meinem Vater sagen muß. Sein Freund ist einverstanden. Er braucht jemanden, der Bücher liebt, Onkel Salim sagt, jetzt oder nie. Ich muß es schaffen, allein schaffen, und ohne viel zu überlegen, ist es am besten. Manchmal denke ich viel zuviel. Morgen werde ich ins kalte Wasser springen.

6.9.
Sagenhaft! Als ich meinem Alten sagte, daß ich die Bäckerei verlassen will, um bei einem Buchhändler zu arbeiten, nickte er doch tatsächlich.

»Buchhändler ist ein ehrenwerter Beruf!« Er schwieg eine Weile. »Buchhändler«, wiederholte er, »das ist gut. Du bist nicht für die Bäckerei geboren. Das habe ich schon immer gewußt. Du liebst die Bücher, also mache es!«

Habib, meine Mutter und vor allem Onkel Salim gratulierten mir. Ich suche nun einen Lehrling, den ich in einer Woche einführen kann, und dann nichts wie weg. Nur Mariam war unglücklich, aber ich habe sie beruhigt, daß ich doch täglich bei ihrem Freund Habib sei. Sie staunte nicht einmal über das Wort »Freund«!

*11.9.*
Seit drei Tagen gehe ich nun mit dem Lehrling herum. Ein kluger Junge aus einem Dorf an der libanesischen Grenze. Er ist voller Pläne. Er will Schauspieler werden. Eine wunderschöne Stimme hat er, und wenn er in der Bäckerei singt, lauscht sogar mein Vater.

Er hat nicht nur eine schöne Stimme, er kann auch bekannte Schauspieler ungeheuer gut nachahmen, am besten jedoch Charlie Chaplin. Manche Passanten verziehen das Gesicht und sagen, man wird verrückt, wenn man solche Faxen macht. Er wird Schauspieler werden, wenn er einen so guten Freund wie Onkel Salim hat.

*15.9.*
Heute war der erste Tag in der Buchhandlung. Sie ist nicht sehr groß, aber wir sind immerhin fünf Mitarbeiter. Ich mußte eigentlich nur die Drecksarbeit machen: Bücherpakete aus dem Lager holen, öffnen und wieder neue packen, die Regale wischen und das große Fenster putzen, Tee kochen und herumhängen. Bücher habe ich weder verkauft noch für die Kunden verpackt. Das tun die anderen.

Der Buchhändler ist ein lustiger Kauz. Er sagte, ich solle alles von der Pike auf lernen, sonst werde ich nie ein guter Buchhändler. Er hätte seinerseits noch das Haus seines Meisters und dessen Garten in Ordnung bringen müssen. Er gibt wohl ein bißchen an! Aber er nennt Habib seinen besten Freund.

Ich verdiene halb soviel wie in der Bäckerei, bin aber auch nicht halb so müde wie dort. Mittags haben wir über eine Stunde Pause, und ich las heute in der Zeit eine kurze Geschichte von einem russischen Autor. Eine schöne traurige Geschichte.

*18.9.*
Mahmud hat heute einen schlimmen Tag gehabt. Ein Gast hatte es auf ihn abgesehen. Er war zuerst freundlich gewesen und hatte Mahmud zu einer Limonade eingeladen. Mahmud lehnte aber ab. Irgendwie war ihm der Mann unsympathisch. Dann war plötzlich der Kaffee nicht gut, Mahmud brachte ihm einen frischen. Nein, er wollte nun einen Tee. Mahmud reichte den Kaffee einem anderen Gast und holte einen Tee. Der Mann aber wurde unverschämt. Er schrie Mahmud an, weil er den Rand der Tasse angefaßt hätte. Er würde daraus nicht mehr trinken. Mahmud brachte ihm eine neue Tasse. Der Mann trank seinen Tee und ging zur Theke, wo er sich über Mahmud beschwerte, der gesagt haben soll: »Hier, saufe endlich deinen beschissenen Tee!« Mahmud hatte es nicht gesagt, aber sein Chef glaubte dem Gast und zog Mahmud am Ohr. Da drehte Mahmud durch und boxte den laut lachenden Gast in den Bauch. Er wurde entlassen!

Er wagt nun nicht, seinem Vater davon zu erzählen, und braucht jetzt dringend eine andere Arbeit.

*25.9.*
Eine Woche ist das jetzt her, und Mahmud sucht von morgens bis abends eine Stelle, aber er findet keine. Ich mußte ihm heute drei Lira vorschießen, damit er sie seinem Vater geben kann. Er sagte, er würde es mir nie vergessen. Ich glaube es ihm. Er ist ein guter Freund. Ich werde ihm von meinen Reserven so lange drei Lira pro Woche geben, bis er eine Stelle findet. Ich habe ja fast zweihundertfünfzig Lira gespart.

*2.10.*

Nun ist schon die zweite Woche vergangen, und Mahmud hat immer noch keine Arbeit. Die Arbeitssuche ist so demütigend für ihn, und er haßt diesen Kunden, der ihm das alles eingebrockt hat. Wie ein Bettler geht er von Laden zu Laden. Vielleicht klappt es heute bei einem jüdischen Schneider im Basar. Ich habe auch den Buchhändler gefragt, aber er braucht niemanden.

Jeden Tag habe ich mehr Spaß an der Stunde bei Habib. Die Arbeit eines Journalisten ist so vielfältig!

Der älteste Bruder von Nadia geht freiwillig in die Armee. Für diesen Idioten ist die Armee gut genug. Der andere lernt weiter in der Schule, aber er ist auch nicht so schlimm wie der ältere Bruder. In einer Woche sind wir ihn los, er soll im Norden in der Militärakademie seine Radarausbildung beginnen.

*9.10.*

Der Bruder ist endlich in Aleppo. Zur Feier des Tages trafen Nadia und ich uns für eine Stunde. Ihre Mutter weiß Bescheid. Sie bat uns, vorsichtig zu sein, und Nadia soll rechtzeitig zurückkommen (der Bruder kommt um vier Uhr aus der Schule, der Vater um fünf Uhr). Es war herrlich, ihre kleinen Finger wieder in meiner Hand zu spüren.

Als Übung soll ich für Habib über die Arbeit eines Buchhändlers schreiben. Und ich soll dazu meinen Chef interviewen. Das tat ich auch, aber der Kerl redete wie ein Wasserfall, so daß ich nicht viel mitschreiben konnte. Dann saß ich mehrere Tage an dem Artikel.

Habib las ihn, schmiß ihn wütend zur Seite und schrie: »Katastrophe! K-a-t-a-s-t-r-o-p-h-e-e-e-e-e!!! Was habe ich Idiot dir beigebracht? Hm? Was ist das? Langweilige Schönfärberei!« Er beruhigte sich dann und zeigte mir, was ich da zusammengelogen hatte.

*10.10.*

Mahmud arbeitet wieder! Er sagt, sein Meister sei ein netter alter Mann. Er verdient nun nicht schlecht, und seinen Vater hat es nicht gestört, daß Mahmud die Stelle wechselte. Er wollte mir die sechs Lira nach und nach zurückgeben, aber ich schenkte sie ihm. Das hat dem lieben Mahmud gutgetan.

Nadias Eltern waren jemanden besuchen gegangen, und so schlich ich zu ihr. Zum erstenmal küßte ich sie heute richtig. Ich küßte ihren Hals, ihre Brüste und ihren Bauch. Sie hat so eine schöne Haut! Sie stöhnte zufrieden und sagte vorwurfsvoll: »Du hast wohl viel Erfahrung!«

Ich gab an, daß ich noch mehr wisse, und wenn ihre Eltern für noch längere Zeit wegführen, würde ich es ihr zeigen. Ich fühlte mich stark bei dieser Angeberei, aber was ist, wenn Nadia das richtig glaubt?

*11.10.*

Das Radio plärrt Tag und Nacht, daß die Leute mehr arbeiten sollen. Onkel Salim versteht die Welt nicht mehr. »Diese Idioten!« schimpfte er immer wieder, als wir zusammen Tee tranken und Radio hörten. Als dann ein Sänger die Arbeit auf den Feldern und in den Fabriken lobte (er sagte, er sehne sich nach dem Griff der Sichel und nach dem Schlag des Hammers auf dem Amboß), da schaltete Onkel Salim angeekelt das Radio aus. »So ein blöder Quaßler! Er hat bestimmt noch nie eine Sichel in der Hand gehabt. Ihr Griff verbrennt dir die Haut, und dieser Idiot sehnt sich danach. Er muß mal im Juni auf dem Feld arbeiten, da wird er singen: ›Oh, wie schön der Schatten ist!‹«

*12.10.*
Ein glücklicher Zufall: Onkel Salim wollte zum Friseur gehen und ich auch. Wir schlenderten langsam die Straße zum Thomastor hinüber. Wir lachten viel bei dem alten Armenier, der heute besonders schlecht gelaunt war.

»Kennst du Michail?« fragte der Gehilfe Onkel Salim, als er den Laden betrat.

Natürlich kennen fast alle den Koloß. Ein Metzger, der auf seinem Dach Tauben züchtet. Die Taubenzüchter liegen meistens im Krieg miteinander und mit den Nachbarn. Miteinander aus Neid und mit den Nachbarn, weil sie oft mit Steinchen und Orangenschalen nach den Tauben werfen, und die Steinchen landen dann oft auf den Köpfen und im Essen ihrer Nachbarn. Die Tauben machen auch viel Dreck auf unseren Terrassen, hinterlassen ihre Spuren auf der Wäsche, auf Früchten und Gemüse, die zum Trocknen auf den Terrassen ausgebreitet sind.

»Eines Abends«, erzählte der Gehilfe, »saß Michail beim Essen mit seiner Frau, als er plötzlich Schritte auf dem Dach vernahm. Er packte seinen Stock und schlich hinauf. Ein Rivale wollte ihm seine beste Taube klauen. Hundert Lira soll das Federvieh wert sein. Eine seltene Schönheit. Gerade wollte der Dieb den Käfig öffnen, als Michail ihn am Hals packte, zu Boden warf und mit dem Stock auf ihn einschlug. Dabei rief er kreischend nach seiner Frau, sie solle die Polizei holen. Das tat sie auch. Michail trug inzwischen den bewußtlosen schmächtigen Dieb vor die Tür und wartete auf die Bullen. Den Stock in seiner linken Pranke, den armen Teufel unterm Arm, rief er: ›Wo ist der Staat, der seine Bürger schützt?‹

Die Nachbarn lauerten auf eine vergnügliche Szene und warteten mit ihm.

Nach einer Weile kam ein älterer Polizist angeradelt. Er bahnte sich einen Weg durch die Menge und erkundigte sich, was los sei. Der Dieb war bereits wieder bei sich, aber er wartete, bis der Polizist näher kam. Erst dann riß er sich aus der gewaltigen Klammer frei und stürzte zu den Füßen des Ordnungsmannes nieder. ›Bitte, hilf mir!‹ flehte er. ›Dieser Mann will mich umbringen!‹

›Du sollst ihn in den Knast werfen‹, verlangte Michail wütend.

Der Polizist schaute den ängstlichen Dieb an, dessen Kopf und Gesicht total verschwollen waren, und sagte: ›Der muß doch ins Krankenhaus und nicht in den Knast. Hole ihm lieber eine Limonade, eine Binde und etwas Jod, sonst stirbt er, und ich muß dich wegen gefährlicher Körperverletzung verhaften!‹

›Limonade! Warum nicht auch noch einen Arrak?‹ brüllte Michail. Er verstand die Welt nicht mehr. Er holte aus und haute den Polizisten auf die Birne. Und der fiel bewußtlos zu Boden.«

Onkel Salim lachte laut, aber als der Meister etwas auf armenisch brummte, schwieg der Gehilfe und schnitt schnell die Haare fertig. Aber er lachte immer wieder und zwinkerte Onkel Salim zu.

*13.10.*

Ich lese viel in letzter Zeit und rede mit Habib darüber. Mein Chef hat nichts dagegen, daß ich lese oder gar ein Buch mit nach Hause nehme, nur darf ich weder die Seiten knicken noch das Buch mit einem Fleck zurückbringen.

Habib las die zweite Fassung des Artikels über die Buchhändler. Er sagte nur trocken: »Es geht.« Mehr Leben solle ich hineinbringen, damit die Nichtbuchhändler es auch verstehen können.

*15.10.*

Was in Damaskus Legende und was Wahrheit ist, kann man oft nicht voneinander trennen. Hier um die Ecke soll ein harmloser Mann namens Saulus durch eine Vision zum Christentum bekehrt und zum Kirchenfürsten Paulus geworden sein. Saulus war ein Christenverfolger. Eines Tages kam er aus Jerusalem nach Damaskus, um in dieser Stadt die Anhänger Christi aufzuspüren, zu verhaften und nach Jerusalem zu führen. Kurz vor Damaskus soll Jesus ihm als helles Licht erschienen sein und ihn getadelt haben, daß er ihn verfolge. Saulus fiel zu Boden, und als er aufstand, war er blind. Ein Mann namens Ananias habe ihm dann die Augen geheilt und ihn zum Christentum bekehrt.

Die Gasse von Ananias ist ein paar hundert Meter von meiner entfernt. Dort steht eine kleine Kirche, die den Namen Ananias trägt. Onkel Salim sagt, das Erlebnis von Damaskus sei eine Spezialität dieser Stadt. Stahl und Seide von Damaskus sind berühmt, aber von dieser Spezialität hatte ich bisher noch nicht gehört. Onkel Salim sagt, Damaskus importiere immer wieder einen Saulus, verarbeite ihn zu Paulus und lasse ihn dann auf die Menschheit los.

Paulus wurde nun auch verfolgt, weil er selber Christ geworden war. Er versteckte sich lange vor den Soldaten, die ihn suchten, denn er galt als Verräter. Ohne Paulus gäbe es heute kein Christentum. Er hat den ganzen Apparat der Kirche aufgebaut. Wie wäre es denn weitergegangen auf der Erde, wenn dieser Paulus, der in einer Nacht durch meine Gasse geschlichen ist und am Ende in einem Korb über die Mauer flüchten mußte, dabei erwischt und getötet worden wäre? Soll ich weiterdenken, oder spinne ich jetzt? Meine Gasse mit ihren Lehmhäusern soll einer ganzen Welt eine Entwicklung beschert haben, weil durch sie der Paulus geflüchtet ist. (Man sagt gar, er habe in der letzten Hütte an der Mauer zwei Tage lang warten müssen, bis die Luft rein war.) Ist das ein Märchen? Der Verrückte hat recht, wenn er sagt, das Leben ist ein Regenbogen mit all seinen Farben. Manche sehen nur eine hervorstechende Farbe und rufen laut: »Wie schön ist dieser grüne Regenbogen!«, weil sie nur die grüne Farbe sehen, aber der Regenbogen wäre langweilig, wäre er nur grün. Gerade die anderen Farben, die zart verborgen im Hintergrund bleiben, machen den Regenbogen aus. Meine Gasse ist eine dieser verborgenen Farben.

Habib erzählte mir von der Räterepublik im 10. Jahrhundert, von der Republik der Qarmaten. Keinen Sultan, keine Reichen und deshalb keine Armen gab es in dieser Republik. Jeder besaß nur seine Kleidung und sein Schwert. Die Frauen kamen auch zu Wort und durften sich von ihren Männern scheiden lassen. Für die Kinder gab es Kindergärten. Die mühselige Arbeit des Getreidemahlens, die vor der Republik nur von Frauen geleistet wurde und sie völlig zermürbte, wurde von der zentralen Mühle übernommen. Ein sechsköpfiger Rat führte die Republik und konnte jederzeit von der Versammlung der Republikaner abgesetzt werden. Die Ratsmitglieder bekamen nichts dafür bezahlt und mußten ihren Lebensunterhalt anderweitig verdienen. Ohne Religion und ohne Verbote wuchsen die Kinder auf. Die Republik erklärte die Gleichheit aller Menschen und schaffte die vorher als gottgegeben hingenommene Sklaverei ab. Sie erklärten allen Völkern den Frieden. Hundertfünfzig Jahre überlebte die Republik. Sie dehnte sich erst von der Golfregion bis nach Irak und Syrien aus, dann vereinigten sich aber ihre Erzfeinde, die Herrscher der umliegenden Staaten, gegen sie, und die verhaßte Republik fiel unter ihren Schwertern. Kein Kind und keine Frau ließen die Feinde der Qarmatenrepublik entkommen. Sie galten als verseucht – natürlich mit dem gefährlichsten Bazillus aller Zeiten, der Freiheit.

Wenn Habib anfängt, von der Qarmatenrepublik zu reden, hört er nicht mehr auf. Seine Augen glänzen sonderbar. Gerade er aber glaubt kein Wort von der Legende des Paulus. Er sagt, das sei ein langweiliges Märchen, das im nachhinein erfunden worden sei, damit die Christen handfeste Orte und Personen hätten. Nein, er glaubt es nicht. Die Schulbücher aber erzählen nichts von den Qarmaten und ihrer Republik. Eine Epoche von hundertfünfzig Jahren erhält nicht einmal eine einzige Zeile in unseren Geschichtsbüchern! Aber wir wissen Bescheid darüber, was der Kalif Harun Al-Raschid gemacht hat, als er mal nicht schlafen konnte, und was und wie die anderen Kalifen was wo gesagt haben, wann sie abgemurkst wurden und wie lange sie geherrscht haben.

Meine Mutter glaubt jeden Buchstaben von der Paulus-Geschichte, aber als ich ihr von den Frauen der Qarmaten erzählte, sagte sie, Habib habe diese Geschichte bestimmt von seiner Mutter. Denn sie wisse, daß alle Frauen der Welt eine solche Geschichte erzählen, nicht weil sie passiert ist, sondern weil sie passieren soll.

Was daran wahr ist oder nicht, interessiert mich nicht. Diese Geschichten bestehen, und wir leben mitten in ihnen.

*20.10.*

Seit Tagen beschäftigt mich nur eine Frage. Wie kann man einen Artikel über Bettler schreiben? Ich habe das Thema als Übung vorgeschlagen, und Habib hat zugestimmt.

Der neue Bürgermeister von Damaskus schickt seine Polizisten auf die Jagd nach Bettlern. Damaskus soll innerhalb eines halben Jahres bettlerfrei werden. Das hat er bei seinem Amtsantritt versprochen. Bettler geben der Stadt angeblich ein schlechtes Gesicht vor den Touristen. Ich redete mit einigen Bettlern und mit Onkel Salim und arbeitete drei Seiten aus. Habib mag keine langen Artikel.

Ich schrieb, daß ich den neuen Bürgermeister echt dumm finde, der statt der Armut die Armen verfolgen läßt. Wenn die Touristen wegen ihnen wegblieben, dann solle man ein Denkmal für die Bettler errichten (das habe ich vom alten Salim übernommen). Der Bürgermeister stammt aus einer der reichsten Familien im Norden. Seine Großeltern besaßen ganze Dörfer mitsamt ihren Einwohnern. Sein Vater hat eine Bank, und nun will der Sohn die verfolgen, die schon von seinen Großeltern und Eltern brotlos gemacht worden sind. Denn viele Bettler waren Handwerker oder Bauern, die alles verloren haben und mit der Hoffnung nach Damaskus kamen, Arbeit zu finden, dort aber scheiterten. Die Bettler, schrieb ich, verstehen vom Menschen und seiner Seele mehr als viele Lehrer in der Schule. Sie brauchen einen nur anzuschauen, und schon wissen sie, wie sie einen ansprechen müssen. Weiß das der Bürgermeister?

*29.10.*

Habib war heute ziemlich unten, als ich zu ihm kam. Eine geschlagene Stunde lang saß ich da. Er sprach kein Wort, sondern rauchte und trank sehr langsam einen Arrak. Irgendwann hatte ich genug und wollte gehen, aber da fragte er plötzlich, ob ich meinen Artikel über die Bettler von Damaskus geschrieben hätte.

Ich gab ihm den Artikel, und Habib fing an zu lesen. Seine Augen wurden von Seite zu Seite fröhlicher, und am Ende lachte er laut und schlug sich auf die Schenkel. »Junge! Das ist gut! Das sitzt!« rief er und reichte mir die Hand. »Du bist jetzt ein Kollege! Ich kann dir nichts mehr beibringen. Laß uns anstoßen.«

Er schenkte mir ein Gläschen Arrak ein. Ich mag dieses Zeug nicht. Es schmeckt sehr scharf und nach Seife. Ich nahm einen Schluck und mußte husten. Habib lachte.

»Und vergiß nie die goldene Regel eines jeden Autors: Schreibe jeden Tag, und sei es nur eine halbe Seite«, sagte er noch.

Das werde ich nie vergessen!

*PS*: Habib sagte, der Artikel sei so gut, daß die staatliche Zeitung ihn nicht veröffentlichen würde. Das sollte ein Lob sein. Was für eine bescheuerte Zeitung!

*3.11.*

Der Boß war zufrieden, weil ich einem Kunden erklären konnte, von was der Roman »Die Mutter« von Maxim Gorki handelt. Der Kunde war ins Geschäft gekommen und hatte um einen Rat gebeten. Er wollte seinem Sohn zwei Bücher schenken. Einen Gedichtband (natürlich habe ich ihm den besten empfohlen: unseren) und einen Roman. Er wollte aber erst wissen, was im Buch drinsteht, weil der Autor ein Russe ist. Das Buch hatte ich vor einiger Zeit in drei Nächten gelesen und während dieser Zeit nur noch mit dem Helden gelebt. Es ist der beste Roman, den ich bisher gelesen habe, deshalb konnte ich den Kunden auch überzeugen, und der Chef rieb sich die Hände.

*11.11.*

Allein in unserer Buchhandlung haben wir an die hundert Exemplare von dem Gedichtband verkauft. Der Verleger schrieb einen begeisterten Brief. Er bedankte sich für den Einsatz und berichtete, daß das Buch überall gut aufgenommen worden sei. Jetzt stellt der Chef den »Fliegenden Baum« im Schaufenster aus.

*12.11.*
Habib ist anders als Onkel Salim; sosehr er mich auch mag, erzählt er nie von sich. Ich erfahre nur von Mariam etwas über ihn, wenn überhaupt. Er ist sehr traurig in letzter Zeit und trinkt und raucht viel.

Ein General hat, weil er angeblich gefährlich sein soll, einen Haufen Geld (alles in Gold und fremder Währung) bekommen und ist nach Lateinamerika abgehauen, wo er eine riesige Farm kaufte und wo er jetzt in Saus und Braus lebt. Habib wollte darüber schreiben. Viele Millionen sollen es gewesen sein, mit denen die Regierung diesen Mann geschmiert hat, damit er sie in Ruhe regieren läßt. Habib bekam von seinem Chef einen Rüffel für den Artikel. Er hat keine Möglichkeit, ihn zu veröffentlichen. Was aber Habib wurmt, ist die Tatsache, daß er mit diesem Chefredakteur im Ausland jedes Stück Brot geteilt hatte. Damals hatten sich beide geschworen, nur die Wahrheit zu schreiben.

*16.11.*
Durch einen Freund bekam Habib heute den Auftrag, einen Roman aus dem Französischen zu übersetzen. Der Autor heißt Balzac.

Als ich zu Habib kam, ging es ihm etwas besser, und er hatte auch schon mit dem Übersetzen angefangen. Er mag diesen Balzac sehr und sagte, er sei der beste französische Autor im 19. Jahrhundert gewesen. Plötzlich lachte er dämonisch: »Balzac ist mein Sprungbrett!«

Ich verstehe nicht, was er meint. Ob er die Zeitung verlassen will?

*18.11.*

Nadia wurde aus der Schule genommen. Ihr Vater wollte sie nur die mittlere Reife machen lassen. Sie wäre gerne Kinderärztin geworden, aber ihr Vater will, daß sie bei einem berühmten Rechtsanwalt arbeitet.

*19.11.*

Der Verrückte mit dem Spatzen ist verschwunden. Der Gehilfe des Friseurs erzählte, daß man ihn für einen Spion hält. Der Spatz sei kein normaler Vogel gewesen, sondern er soll eine winzige Kamera getragen haben, mit der er alle Geheimnisse fotografiert habe.

*21.11.*

Habib war nicht zu Hause. Er hat unseren Termin wahrscheinlich vergessen. Ich habe nicht gewagt, bei Mariam nachzufragen, es war nach sechs, und ihr Mann war bestimmt da.

*24.11.*

Seit zwei Tagen kann ich an nichts anderes denken als an Habib. Er ist verhaftet worden! Die ganze Stadt redet darüber. Er hat einen Artikel über die Lage der Journalisten geschrieben, die lügen müssen, um der Regierung nicht unangenehm aufzufallen. Geschickt hat er den Zensor hereingelegt. Er hat ihm einen harmlosen Artikel gezeigt und so die Genehmigung zum Druck bekommen. Mit diesem Stempel konnte er seinen Artikel bei den Setzern und Druckern durchbringen. Nach ein paar Stunden war die Zeitung ausverkauft – zum erstenmal vielleicht! –, und die ganze Redaktion samt ihrem Chefredakteur wurde verhaftet.

Mein Chef war aufgeregt und beschimpfte die Regierung, die nicht einmal in den folgenden Nummern der Zeitung die Verhaftung zugab. Die Zeitung erscheint weiter, als ob nichts passiert wäre, und nur wer die kleingedruckten Namen der Redaktion liest, kann feststellen, daß es eine ganz neue ist.

Ich bat heute meinen Chef um einen freien Nachmittag und eilte zu Mariam. Zu meiner großen Überraschung hatte sie es schon im voraus gewußt! Habib hatte es ihr am Vorabend seiner Verhaftung erzählt. Er hat einen Aktenkoffer und die Schlüssel zu seiner Wohnung bei ihr versteckt. Sie soll mir den Schlüssel geben, aber den Koffer darf niemand sehen.

Mariam weinte sehr und sagte, daß sie es ohne Habib nicht aushalten könne. Nun muß sie auch noch fröhlich sein, da ihr Mann gute Geschäfte macht und sehr lieb zu ihr ist.

Ich nahm den Schlüssel und eilte in Habibs Wohnung. Ein komisches Gefühl war das, so traurig ohne ihn. Aus irgendeinem Grund fing ich an, die Wohnung aufzuräumen. Nach einer Weile kam auch Mariam dazu, und wir putzten gemeinsam weiter. Als sie gegen sechs Uhr nach Hause ging, wollte ich den Kleiderschrank aufräumen, da sah ich das Bild seiner Frau. Er hat es an die Innenseite der Tür geklebt und darauf mit Filzstift geschrieben: »Solange ich lebe, werde ich dich rächen.«

Ich kann kein Buch lesen und keine Zeile schreiben (außer in mein Tagebuch). Habib ist wirklich ein mutiger Kerl.

*Donnerstag*

Sechs Tage sind nun vergangen, und Habib ist immer noch im Gefängnis. Onkel Salim ist wütend auf die Regierung. Er hat von der Verhaftung auch ohne mich erfahren, jeden Nachmittag hört er den London- und Israel-Funk ab. Sie erwähnten Habib und lasen seinen Artikel vor. Meinem

Alten habe ich gar nichts erzählt, aber meiner Mutter kann man nichts verbergen. Sie fragte erst nach Nadia, und als sie erfuhr, daß es uns gutgeht, sagte sie: »Dann muß dem Habib was passiert sein, nicht wahr?« Ich mußte es ihr erzählen.

*1.12.*

Nadia arbeitet seit einer Woche im Büro. Sie findet die Arbeit langweilig. Sie muß alles tun: Kaffee kochen, Briefe verteilen, Post austragen und manchmal auch die Tische putzen. Sie fängt nächste Woche mit einem Schreibmaschinenkurs an. Nur so kann sie ihre Stelle im Büro etwas aufbessern. Sie hat keine Lust, das ganze Leben lang Kaffee zu kochen.

Der Rechtsanwalt ist sehr berühmt und beschäftigt fünf junge Anwälte. Er behandelt sie alle ziemlich mies. Nicht einmal vor den Richtern hat er Respekt. Er sagt, er habe sie alle schon in der Uni als Studenten gehabt und sie erst zu Richtern gemacht.

Seitdem Nadia arbeitet, können wir uns immer in der Mittagspause treffen. Das Büro ist nur drei Straßen von dem Buchladen entfernt. Ich warte immer unten auf sie, weil der alte Macker es nicht gerne sieht, wenn eine seiner vier Sekretärinnen sich mit einem Freund trifft.

*3.12.*

Mit meiner Mutter einkaufen zu gehen ist ein Erlebnis! Ich gehe selten mit ihr zum recht weit entfernten Basar, weil das immer sehr lange dauert. Heute aber habe ich sie begleitet.

Ich wundere mich immer darüber, wie die Händler meine Mutter unter Tausenden von Kunden, die im Basar Monat für Monat einkaufen, wiedererkennen. Sie fragen sie nach meinem Vater, und sie fragt nach ihren Frauen und Kindern. Manchmal setzt sie sich zu einem hin, läßt sich

Stoffe und Kleider zeigen, trinkt Kaffee, erzählt und hört seinen Geschichten zu, dann steht sie auf und geht, ohne etwas zu kaufen, und der Händler ist nicht einmal sauer. Fängt sie aber erst einmal an zu handeln, muß ich Hiobs Geduld aufbringen. Heute war es wieder mal so.

Meine Mutter fand einen guten Stoff und fragte, was der laufende Meter davon koste. Der Händler nannte einen Preis und betonte, er sei nur deshalb so billig, weil meine Mutter eine Stammkundin sei. Statt sich zu freuen, wurde sie zornig und bot die Hälfte der Summe. Der Händler räumte den Stoff weg und schimpfte, er sei doch kein Dummkopf, der seinen besten Stoff mit Verlust verkauft. Für diesen niedrigen Preis zeigte er ihr einen schlechteren Stoff. Meine Mutter prüfte ihn mit einer kurzen Handbewegung und sagte, so schlecht sei dieser Stoff zwar nicht, aber sie wolle den ersten. Sie bot dem Händler aber ein paar Groschen mehr. Der schrie entsetzt auf und warf meiner Mutter Unbarmherzigkeit gegenüber seinen Kindern vor, ging aber mit dem Preis etwas runter. Der Vorwurf der Unbarmherzigkeit hätte meine sensible Mutter zu Tränen rühren sollen, aber sie lachte, wünschte den Kindern Gesundheit und Glück und bot ein paar Groschen mehr. Diesmal reagierte der Händler milde und lustig. Er erinnerte meine Mutter an den ersten Einkauf bei ihm. Das war vor dreißig Jahren gewesen, aber er wußte noch genau, daß sie damals ein blaues Kleid angehabt hatte und sehr schön aussah. (Sie sieht heute noch wunderschön aus!) Und er erinnerte sie daran, daß sie seinen Stoff jahrelang getragen hatte, und dann ging er mit dem Preis etwas runter. Statt aber nach so viel Lob glasige Augen zu bekommen, reagierte meine Mutter trocken. Er sei damals sehr liebenswürdig gewesen, weil er ein armer Händler gewesen sei. Heute sei er reich und unnachgiebig gegenüber einer Kundin, die alle Händler stehenläßt und nur zu ihm kommt. (Das stimmte nicht. Sie hatte denselben Stoff bei den anderen Händlern schon geprüft und sich nach dem Preis erkundigt!) Sie bot aber ein paar Groschen mehr.

»Was? So wenig?« zeterte der Händler empört. »Wenn meine Frau hört, daß ich diesen Stoff für so wenig Geld verkauft habe, dann läßt sie sich scheiden!«

»Das wäre nicht schlecht«, lachte meine Mutter. »Vielleicht findet sie einen jüngeren, schöneren Händler. Du bist zu alt und knausrig geworden«, fügte sie hinzu und bot ein paar Groschen mehr.

Der Händler lachte, lobte meinen Vater, der eine gute, sparsame Frau geheiratet habe und ging mit dem Preis etwas herunter, schwor aber bei seiner Pilgerreise nach Mekka, daß dies sein letztes Wort sei.

Meine Mutter tat so, als wüßte sie nicht, daß er je in Mekka gewesen war. »Was? Du bist ein Pilger? Das wußte ich noch gar nicht. Wann war das?«

Und der Händler erzählte von der anstrengenden Reise nach Saudi-Arabien und von dem erhabenen Augenblick, am heiligen Ort mit vielen Gläubigen zusammenzusein. Er redete sich geschickt heraus, da er weiß, daß wir Christen sind, und fügte hinzu, daß er bei der nächsten Gelegenheit nach Jerusalem pilgern wolle. Diese Stadt ist für die Muslimen die zweite Heilige Stadt nach Mekka.

Meine Mutter stand auf und sagte beim Hinausgehen: »Du willst wohl nicht verkaufen. Ich hätte eine große Menge genommen«, und sie bot ihm einen neuen Preis, der ein paar Groschen höher lag als der letzte.

Verzweifelt — so tat er wenigstens — stöhnte der Händler auf und gab meiner Mutter den Stoff, vergaß seinen Schwur und versäumte es nicht, sie darum zu bitten, niemandem zu erzählen, daß sie den Stoff so billig gekauft habe. Er wolle sich ja nicht ruinieren.

Sehr erfreut über den Abschluß, nahm ich die Stoffrolle

und eilte mit meiner Mutter nach Hause. Sie lobte den Händler und seine Ehrlichkeit, und ich blickte endgültig nicht mehr durch.

*6.12.*
Ich hatte eine wunderschöne Zeit mit Nadia. Zum erstenmal konnte ich mit ihr ganze zwei Stunden alleine sein. Ihre Mutter sagte mir, ich solle auf Nadia aufpassen und sie vor fünf Uhr zurückschicken. (Ich verstehe bis jetzt noch nicht, was sie mit dem Aufpassen meinte. Sollte ich Nadia vor mir schützen?) Ich ging allein voraus, sie kam nach, und wir schlichen uns in Habibs Wohnung. Es war unheimlich schön, neben ihr zu liegen und sie zu streicheln. Sie küßte mich auch sehr heftig. Die Zeit verging so schnell, und plötzlich war es Viertel vor fünf. Nadia eilte nach Hause, und ich schlenderte in einigem Abstand hinter ihr her.

*PS:* Nadia glaubt, daß ich so toll küsse, weil ich entweder eine verheiratete Frau kenne oder viele Liebesfilme gesehen habe. Ich schwor, daß ich niemanden liebe außer ihr. Und Filme? Ich habe vielleicht heiße Filme gesehen, aber ich habe noch nie einen Film gesehen, in dem der Held den Bauch und die Beine seiner Geliebten küßt, also gerade das, was Nadia am liebsten mochte. Wir verabredeten, daß wir uns jeden Freitag, meinem freien Tag, bei Habib treffen wollten, auch wenn Habib wieder aus dem Gefängnis kommt. Ich werde es ihm sagen, und er wird es bestimmt verstehen. Er liebt ja die Mariam!

*Dienstag*
Eine freudige Überraschung war das: Nach drei Wochen wurde Habib heute entlassen! Er kam am frühen Nachmittag in die Buchhandlung. Wir begrüßten ihn stürmisch, und mein Chef ließ Limonade und Kaffee bringen. Habib wirkte aber verbittert, er freute sich nicht so wie wir. Als er

seinen Schlüssel haben wollte, sagte mein Chef, ich solle mit ihm gehen. Er steckte mir verstohlen zwanzig Lira in die Tasche und flüsterte: »Kauf etwas für ihn!«

Habib hat einen grauen Stoppelbart. Er steht ihm gut und macht ihn älter. Als ich die Tür seiner Wohnung öffnete, kam Mariam schon heraufgerannt. Sie hatte unsere Stimmen im Treppenhaus gehört. Habib umarmte sie, und sie küßte ihn.

Als er die Wohnung sah, staunte er über die Ordnung. »Ich glaube, ich sollte jede Woche mal in den Knast gehen«, meinte er lächelnd.

Ich verschwand für zwei Stunden, um einzukaufen. Ich bin ja kein Unmensch! Als ich mit den vollen Einkaufstaschen zurückkehrte, war Mariam schon weg. Das Bett sah genauso zerwühlt aus wie Habib. Er lächelte ganz lieb und freute sich über die Dinge, die ich ihm mitbrachte. Er erzählte mir lange vom Gefängnis. Jetzt bin ich aber so hundemüde. Ich werde es morgen genau aufschreiben.

*Mittwoch*

Was Habib in den Wochen ertragen mußte, klingt fast wie ein unglaublich grausiges Märchen. Er wurde mit etwa fünfzehn anderen in eine Zelle eingesperrt, die höchstens Platz für fünf hatte. So mußten zehn Gefangene dicht gedrängt stehen, damit abwechselnd fünf von ihnen sich für ein paar Stunden hinlegen konnten. Es war nicht immer leicht, Eintracht unter den Gefangenen zu halten. Die Müdigkeit machte sie aggressiv, aber nach einer Weile haben sie sich verständigen können.

Habib hatte es sehr schwer. Er gehört ja der regierenden Partei an. Die Gefangenen wollten mit ihm am Anfang nicht reden. Sie hielten ihn erst für einen Spitzel, dann aber warfen sie ihm alle Grausamkeiten seiner Partei vor. Habib tat dies mehr weh als die gnadenlose Folter danach.

Er wurde zunächst drei Tage in Ruhe gelassen und konnte sich so auf das Verhör vorbereiten. Das half ihm aber nichts, denn der Offizier wollte nicht hören, weshalb er den Artikel veröffentlicht hatte, sondern wer ihn bezahlt habe, um den Ruf der Regierung zu ruinieren. Habib entlastete all seine Kollegen und sogar den Chefredakteur, aber es brachte nichts. Am fünften Tag wurde er einer barbarischen Folter unterzogen. Er brach besinnungslos zusammen und wachte erst wieder in der Zelle auf, wo die Mitgefangenen inzwischen ihre Abneigung vergessen hatten und ihn in ihrer Mitte aufnahmen. Sie reichten ihm eingeschmuggelte Zigaretten und erzählten ihm, warum sie hier waren. Alle Parteien, Berufe und Völker Syriens waren da in der Zelle vertreten. Unter ihnen war auch ein Verrückter, dem man Spionage vorwarf. Er sang dauernd von seinem Spatzen, dessen Mörder er suche. Seine Lieder waren traurig. Es ging dem Mann sehr schlecht, und nach mehreren Tagen wurde er krank. Nun aber passierte etwas, was die Gefangenen in Staunen versetzte. Ein Spatz kam angeflogen, setzte sich auf die kleine Fensterbank und trillerte wie besessen. Die Gefangenen wollten ihn erst verscheuchen, aber der Verrückte freute sich über den Vogel und fütterte ihn mit Brotkrumen, die er sich vom Mund absparte. Jeden Tag kam der Spatz angeflogen, aber am dritten Tag wurde der Verrückte so krank, daß man ihn verlegen mußte. Seitdem blieb der Spatz verschwunden. Ich bat Habib, mir den Mann zu beschreiben. Ich bin sicher, daß es mein Verrückter war.

Habib sagte mir beim Abschied: »In diesem Land ist kein Journalismus zu machen.« Er will nur noch übersetzen.

*20.12.*
Habib übersetzt sehr fleißig. Er war heute bester Laune, aber als ich nochmal fragte, ob er wegen seiner Verhaftung wirklich alles aufgeben wolle, schrie er mich an und riß sein Hemd auf. Schreckliche Narben übersäen seine Brust!

»Das ist Journalismus!« schrie er. Ich schaute weg. Es tat mir leid. Doch er beruhigte sich wieder, und wir lachten über den Chefredakteur, der sich nun im Radio und in den Zeitungen dauernd entschuldigt, damit er wieder ein Pöstchen bekommt.

Ich fragte Habib, ob ich und Nadia einmal in der Woche zu ihm kommen dürften. Er lachte laut. »Einmal in sieben Tagen? Seid ihr Mönche? Siebenmal am Tag könnt ihr hierherkommen.« Er zwinkerte mir zu und stupste mich in die Seite. Das mußte ich natürlich gleich Nadia erzählen.

*23.12.*
Habib und ich haben schon wieder gestritten. Ich denke immer noch, daß man hier auch ohne die Regierungszeitung journalistisch arbeiten kann. Habib aber fragte aggressiv: »Wie denn?«, und ich konnte mir nicht helfen, ich schrie zurück! Wenn ich so lange wie er Journalist gewesen wäre, hätte ich Hunderte von Wegen gefunden. Aber er ist stur und übersetzt genüßlich seinen Roman. Er warf mir heute vor, ich sei ein unverbesserlicher Dummkopf. Das kann er ruhig sagen. Es hat mich nicht einmal verletzt.

*11.1.*
Heute habe ich den Verrückten gesehen. Sie haben ihn aus dem Gefängnis entlassen. Er hockte vor der Omaijaden-Moschee, stumm wie ihre steinernen Säulen. Die Leute gingen achtlos an ihm vorbei, nur manchmal warf ihm einer einen Groschen zu.

Ich habe ihn sofort erkannt, obwohl er sehr verändert ist.

Sein Haar ist geschoren, seine Haut sehr blaß. Zwei runde Narben glänzen auf seinen Schläfen, als hätte man ihn mit glühenden Metallstücken verbrannt. Er saß ganz still. Die Tauben, die in der Nähe der Moschee besonderen Schutz genießen und deshalb zuhauf herumfliegen und gurren, interessierten ihn überhaupt nicht.

Ich hockte mich neben ihn und sprach auf ihn ein. Er schaute mich mit großen Augen an und wiederholte meine Frage: »Was ist mit dir, Onkel? Was ist mit dir?« Er berührte seine Schläfen mit seinen knochigen dürren Fingern und fing an zu weinen, dann schaute er in die Ferne und schwieg.

Was für eine furchtbare Folter hat dieser arme Mensch über sich ergehen lassen müssen. Sie haben aus einem weisen Menschen ein elendes Bündel aus Fleisch und Knochen gemacht.

*15.1.*

Heute hatte ich einen unangenehmen Krach mit Josef. Er bewundert die Armee von Tag zu Tag mehr und plant, weil er groß und kräftig ist, zu den Fallschirmjägern zu gehen. Er will in den Krieg und fand den Witz über den dummen Fallschirmjäger nicht zum Lachen. Den Witz habe ich von Onkel Salim gehört, der keine Armee auf der Welt leiden kann:

Ein Fallschirmspringer soll hinter den Feindeslinien abspringen und dort eine Sabotageaktion durchführen. Der Offizier erklärt ihm seine heikle Aufgabe und wie sie durchzuführen sei: »Da dein Auftrag sehr wichtig ist, haben wir dir einen doppelten Fallschirm besorgt. Du drückst nach dem Springen auf den grünen Knopf, und der Schirm geht auf. Klappt es nicht, was selten passiert, dann drückst du auf den roten Knopf. Dann öffnet sich der zweite Schirm hundertprozentig sicher. Wenn du unten ankommst, findest du ein Motorrad an einen Baum gelehnt. Mit dem fährst du zum Treffpunkt.«

Der Fallschirmjäger springt. Er drückt mehrmals auf den grünen Knopf, doch der Schirm geht nicht auf. Na gut, sagt er sich und drückt auf den roten Knopf, einmal, zweimal, aber auch der zweite Schirm geht nicht auf. »So ein Scheißtag«, flucht er. »Und wenn ich unten ankomme, ist das Motorrad auch noch geklaut.«

Josef war sauer und sagte, solche Witze können nur Feiglinge wie ich und der verkalkte Salim erzählen. Das hat mich sehr verletzt.

*20.1.*

Wie kann man eine Zeitung machen, ohne daß die Regierung es einem verbieten kann? Viele Parteien im Untergrund drucken ihre Nachrichtenblätter, die dann durch die Mitglieder von Hand zu Hand weitergegeben werden. Ich habe zwei solche Zeitungen von Bekannten bekommen. Sie sind aber zum Gähnen langweilig.

Ist es wert, wegen solch blödsinnigem Gefasel sein Leben zu gefährden? Nein!

Habib ist aus der Partei ausgetreten. Ich freue mich mit ihm. Mariam und ich haben bei ihm Tee getrunken. Achtzehn Jahre lang war er im Untergrund und hat alle Schmach wegen seiner Partei ertragen. Nicht einmal zwei Jahre hat er es in ihr ausgehalten, nachdem sie an die Macht kam.

*27.1.*

Wir wollten uns wieder mal einen heißen Film ansehen. Mahmud hat die Karten organisiert. Diesmal wollte ich absichtlich den Mathelehrer suchen und ihn begrüßen, aber er war nicht da, jedenfalls konnte ich ihn nicht sehen.

Kurz vor Beginn tauchte ein Mann auf der Bühne auf und rief in den Saal: »Wir können den Film leider nicht zeigen.

Der neue Polizeichef hat es mitgekriegt, und er schickt in einer halben Stunde seine Zivilpolizisten. Wenn er uns ertappt, läßt er das Kino schließen.«

Es wurde dunkel, und plötzlich rollte eine kitschige Schnulze vor unseren Augen ab. Der ganze Saal tobte, und irgend jemand fing an, den feinen Stoff der vornehmen Sitze zu zerfetzen. Bald sprangen auch andere auf und begannen zu randalieren. Zwischen Gelächter und ärgerlichen Rufen hörte man den lieblichen Dialog der Schnulze. Auch Mahmud zückte sein Taschenmesser und schlitzte das Polster seines Sitzes auf.

Wir lachten alle über den verliebten Helden, der ein Kilo Schmalz in seine Haare geschmiert hatte, um seiner Verflossenen in einem Garten zu sagen: »Ich schwebe wie eine Wolke, wenn ich dich sehe. Du und ich, zwei Blumen im Garten der Liebe.«

Unter lautem Gejohle rief einer: »Ich werde eurem Garten das Düngemittel liefern! Gleich!« Als die Leitung es endlich mitkriegte und das Licht anmachte, war der Kinosaal eine einzige Müllhalde.

Sie haben es verdient!

*13.2.*
Habib ist irgendwie verändert. Er lacht viel mehr und trinkt weniger. Wie besessen arbeitet er an der Übersetzung. Ich habe ihm eine köstliche Fleischpastete mitgebracht. Meine Mutter hat sie extra für ihn gemacht. Über die Zeitung will er aber nicht reden.

*Donnerstag*
»Wie würdest du eine Nachricht oder eine Geschichte unter die Leute bringen?« fragte ich Onkel Salim.

»Ich würde meine Peitsche nehmen und zum Rundfunk gehen, mir einen Weg bis zum Mikrophon durchkämpfen und sagen: ›Meine Damen und Herren, hier spricht der Kutscher Salim. Ich werde eine Geschichte erzählen. Wer sie nicht hören will, kann das Radio fünf Minuten lang abschalten, denn ich möchte nicht wie unser Staatspräsident alle, vom Greis bis zum Säugling, langweilen.‹«

»Und was machst du, wenn die Soldaten kommen, während du redest?« lachte ich.

»Ja, dann erlebt die Bevölkerung ein echtes Theater im Radio.«

Der gute Onkel war schon lange nicht außerhalb unseres Viertels gewesen. Vor dem Rundfunk stehen mehrere Panzer. Mit der Peitsche würde er nicht weit kommen.

*19.2.*

Habib hat mir ein Geschenk für meine Mutter mitgegeben. Sie freute sich sehr über den feinen Schal. Er sei bestimmt sehr teuer, meinte sie, denn diese weiche Wolle komme aus dem Ausland. Sie wird ihn über ihre Schulter legen, wenn sie am frühen Morgen ihren Kaffee auf der Terrasse trinkt. Meine Mutter revanchierte sich mit einer kleinen Flasche Orangenblütenöl, das sie selbst destilliert hat. Habib mag diesen Duft sehr.

*27.2.*

Zwei Stunden hat sich Habib verdrückt, damit ich mich mit Nadia in seiner Wohnung treffen konnte. Nadia genierte sich, Habib zu begegnen. Wir erzählten einander unsere Träume. Es war wunderschön, sie in den Armen halten zu können.

Zwei Gedichte habe ich über unser heimliches Treffen geschrieben.

*13.3.*

Habib bekam weitere Übersetzungsaufträge. Zwei kurze Krimis und einen dicken Roman. Sein Verleger ist begeistert von der guten Arbeit, die er geliefert hat. Er trinkt nur noch selten, aber er raucht nach wie vor wie ein Schlot. Meine Mutter wäscht seit letzter Woche für Habib die Wäsche, und Mariam hilft ihm etwas im Haushalt. Er hat zwei linke Hände und ein drittes Stolperbein.

Onkel Salim dagegen wäscht seine Sachen allein. Er läßt nicht einmal zu, daß jemand sein Zimmer aufräumt, selbst wenn er krank ist.

*15.3.*

Ich hab's! Heute war ich wieder mit meiner Mutter auf dem großen Basar, und da sie wieder bei einem Händler saß und weniger als die Hälfte des geforderten Preises geboten hatte, setzte ich mich ab und schlenderte durch das Gewühl der Stände. Ich wußte, daß meine Mutter diesen Stoff kaufen würde, da sie seit Tagen davon sprach und sich bei mehreren Händlern über den Preis erkundigt hatte. Ich wußte, daß sie sich mit dem Händler irgendwo in der Mitte der Preisskala treffen würde, aber das dauert ja immer eine Weile. Ich hatte auch recht. Nach einer halben Stunde kam ich zurück, und der Händler wickelte gerade zufrieden den Stoff für meine Mutter ein. Aber was ich auf dem Basar gesehen habe, ist wichtiger als der ganze Stoff der Welt.

Die armen Händler, die keinen Laden besitzen, transportieren ihre Ware auf Karren oder einfach in einem großen Tuch und bieten sie mitten im Basar an. Die Händler der umliegenden Geschäfte sehen es nicht gerne, aber sie lassen es zu, zumal diese kleinen Verkäufer meist drittklassige Ware anbieten, die für sehr wenig Geld zu haben ist.

»Socken zum Wegwerfen! Socken zum Verschenken!« rief ein junger Bursche laut.

Im Nu hatte sich eine Menschentraube um ihn versammelt. Auf dem großen Tuch häuften sich viele bunte Socken. Die Leute drängelten, da zwei Sockenpaare nur eine lächerliche Lira kosteten. Ich schob mich nach vorn und konnte mit Mühe zwei Paar aussuchen.

Zu Hause angekommen, wollte ich die Socken anprobieren. Sie waren mit einer einfachen Klammer aneinander befestigt. Statt des durchsichtigen Papiers, das sonst in die Socken eingelegt wird, damit sie ihre Form behalten, hatte der Hersteller dieser drittklassigen Socken einfache Zeitungsschnipsel zum Ausstopfen benutzt. Auch daran wollte er sparen.

Da schrie ich auf vor Aufregung, denn ich wußte auf einmal, wie man schnell eine Zeitung an die Menschen bringt und verbreitet, ohne daß die Regierung etwas davon merkt.

Ich eilte zu Habib, aber da hing das rote Zettelchen an der Tür. (Wir haben ausgemacht, daß, solange einer mit seiner Freundin drinnen ist, der andere nicht hereinkommt. Ich habe ja inzwischen auch einen Schlüssel für seine Wohnung.) Ich hatte vergessen, daß Mariams Mann für zwei Tage nach Beirut gereist ist.

Morgen werde ich es Habib sagen.

*16.3.*

Ich habe Mahmud von der Idee erzählt, und er fand sie großartig.

Ich schrieb eine ziemlich lange Geschichte auf einen schmalen Papierstreifen und steckte ihn in die Socken. Von außen sieht man nichts.

»Und was ist, wenn die Leute den Zettel wegschmeißen?«

»Sollen sie ruhig tun, aber sobald die erste Nachricht von der Sockenzeitung verbreitet ist, wird keiner mehr einen Zettel wegwerfen, ohne ihn erstmal zu lesen.«

Mahmud schlug vor, nicht nur in Socken, sondern überall auf Toiletten und auch in Kinos die Streifen zu verteilen. Er erzählte mir, daß er eines Tages im Café einen alten Schriftsteller kennengelernt hatte, der lange Jahre im Gefängnis gesessen und ein ganzes Buch auf dreihundert Zigarettenblättchen geschrieben hatte. Er konnte es sogar nach draußen schmuggeln und veröffentlichen.

*18.3.*

Habib lachte mich erst aus. Ich hätte fast geheult, dann aber schwieg er und ging in Gedanken verloren auf und ab. Ich erzählte ihm, daß Mahmud und ich die Socken verkaufen wollten. Blitzschnell und jedesmal woanders, in Damaskus und Umgebung.

»Was machst du, wenn sie dich fassen?« fragte er mich besorgt.

»Dann komme ich eben ins Gefängnis, wie du, Vater und hundert andere. Aber ich will Journalist werden, die Wahrheit suchen und sie bekanntmachen.«

Habib überlegte eine Weile, öffnete nachdenklich die Schranktür und schaute das Bild seiner Frau an. Da wußte ich, daß er mitmachen würde.

Wir redeten noch lange zusammen. Morgen will ich mich nach der Herkunft der Socken erkundigen, und übermorgen treffen wir uns bei ihm.

*19.3.*

Eine kleine Fabrik in der Nähe des Flusses stellt die billigen Socken her. Je vier Paar kosten beim Großeinkauf eine Lira. Wir werden sogar einen prächtigen Gewinn machen.

Habib schreibt einen Artikel übers Gefängnis. Ich will über den Verrückten von Damaskus schreiben. Denn dieser Verrückte ist jeder von uns, und sein Spatz war die Hoffnung. Was sie mit ihm gemacht haben, ist das, was sie mit uns vorhaben.

Gegen acht Uhr kam Mahmud. Es war an der Zeit, daß meine besten Freunde sich kennenlernen. Sie hatten viel Spaß miteinander, und Mahmud sagte mir später auf dem Weg nach Hause, daß er Habib sehr witzig findet.

Habib wollte die Zeitung »Der Funke« nennen, Mahmud und ich einfach »Sockenzeitung«, und Habib fand unseren Vorschlag gut.

Habib fragte Mahmud, was er schreiben werde.

»Sieben Fragen für jede Nummer.«

»Ist das aus einem Märchen?«

»Nein! Sieben Fragen, für jeden Tag eine.« Und Mahmud legte los: »Hast du je die ärmliche Hütte eines Ministers gesehen? – Hast du heute genug gegessen? – Hast du deinen Staatspräsidenten um Erlaubnis gebeten zu atmen? – Hast du heute überlegt, wieviel Kilo Brot ein Panzer kostet?«

Erst spät in der Nacht gingen wir nach Hause. Ich habe selten soviel Kraft gespürt wie heute, und Habib war noch nie so kindisch.

*22.3.*

Unsere Straße soll erweitert werden, damit die Autos der Touristen durchfahren können. Die Bewohner wollen das nicht. Sie protestierten bei der Stadtverwaltung. Zwecklos! Das sei seit fünfzehn Jahren geplant und wird ausgeführt.

*2.4.*

Josef hat heute ein Buch mit einigen verbotenen erotischen Geschichten von Tausendundeiner Nacht besorgt. Wir setzten uns zusammen und lasen genüßlich das Bändchen. Nur das Kapitel mit den Liebesdrogen und -techniken war so komisch, daß wir uns halb totlachten. Die Salben kann kein Mensch besorgen. So etwa: Die Schale eines Adlereies, gebraten im Öl des Heiligenbaums, dann das Ganze in einer Schale aus Marmor dreiundneunzig Tage aufbewahren, einen Eßlöffel Gummiarabikum dazugeben und kneten und dabei einen unmöglichen Spruch aussprechen. Der Teig wird dreiunddreißig Tage auf dem Blatt eines exotischen Baumes ziehen gelassen. Danach tut man ein linsengroßes Kügelchen in den Kaffee des Geliebten, da wird er gefügig.

Die Techniken führen höchstens zu Knochenbrüchen und Muskelkrämpfen. Wir rissen Witze über die Dummköpfe, die sich das ausgedacht haben.

»Also, wenn ich meiner Freundin ein solches Kügelchen in den Kaffee verpasse«, sagte Josef, »dann wird sie spucken und sagen: ›He, Alter, kannst du nicht einmal einen anständigen Kaffee kochen? Was ist das für ein Sockensaft?‹« Sie würde ihn für immer wegen Geschmacklosigkeit verlassen.

»Und wenn ich in der nächsten Zeit in Gips rumlaufe«, lachte Mahmud, »und einer fragt mich: ›Hast du einen Unfall gehabt?‹ dann werde ich ganz knapp sagen: ›Nein, Sex!‹«

*3.4.*

Wir mußten die Artikel straffen. Sie waren viel zu lang. Habib sagte, daß es für ihn zum erstenmal klar ist, wie wertvoll ein Wort sein kann. Mahmud hat die Fragen knapper und witziger formuliert.

Zweihundert Paar Socken warten im Karton bei Habib. Er wird einen kleinen primitiven Vervielfältiger besorgen. Ein alter Freund von ihm arbeitet seit langem als Taxifahrer auf der Strecke Damaskus-Beirut. In Beirut kann man schnell und billig so eine Maschine kaufen.

*16.4.*

Heute hat Onkel Salim bei uns zu Mittag gegessen, und mein Vater verführte ihn zu einem dritten Arrak. Da wurde der alte Mann etwas betrunken und machte irrsinnige Witze. Wir lachten alle so laut, daß die Passanten auf der Straße neugierig stehenblieben. Als einer fragte, was wir wohl feiern würden, antwortete mein Alter: »Wir feiern die Hochzeit unserer Läuse.« Der Mann lachte.

Onkel Salim kam auf die komischsten Fragen: »Warum haben viele Staaten den Adler in ihrer Fahne? Ein blödes Tier!«

»Sie wollen uns Mut machen«, antwortete mein Vater lachend. »Sie wissen doch, daß wir ängstlich sind, und denken: Sage der Taube dreimal, du bist ein Adler, und du wirst sehen, sie fängt an, Mäuse zu jagen.«

»Aber ein Adler frißt, wenn es not tut, sogar Aas. Igittigitt! So schlecht kennt uns unsere Regierung. Nein, ich werde den Staatspräsidenten aufsuchen und ihm vorschlagen, sie sollen eine Ziege auf unsere Fahne malen. Sie ist uns ähnlicher.«

»Im Meckern oder weil sie kein Fleisch ißt?«

»Nein, weil sie gemolken wird«, lachte Onkel Salim.

*20.4.*

Der Vervielfältiger ist da. Habib zeigte uns, wie man mit der Matrize arbeitet. Die Abzüge sind in violetter Farbe, aber man kann sie gut lesen. Wir falteten die Streifen und steckten sie in die Socken. Der Artikel von Habib ist einmalig. Meine Rede über den Verrückten hat ihm und Mahmud auch gefallen. Die sieben Fragen von Mahmud sind Spitze.

*23.4.*

Habib übernahm die Kinos, Restaurants und Cafés (zweihundert Stück), und Mahmud und ich gingen zum Basar. Einer hielt Ausschau, und der andere verkaufte. Ich breitete das große Tuch aus und fing an, die Socken auszurufen, und in einer halben Stunde waren sie weg.

Dann eilten wir getrennt zu unserer Arbeit, denn die Mittagspause war vorbei.

Habib war sehr erleichtert, als wir gegen sieben Uhr bei ihm auftauchten. Er brachte Kuchen und machte einen guten Tee. Zigaretten haben wir selber.

*26.4.*

Ich war dagegen, aber Mahmud wollte sich vergewissern. Er ging heute zu Josef und erzählte ihm, daß er einen Freund hat, der ihm die Sockenzeitung besorgt. Mahmud fragte dann, ob Josef eine Nummer davon lesen und weitergeben wolle. Ganz blaß sei er geworden, erzählte Mahmud. Er soll leise gesprochen haben, als hätte er Angst, daß jemand es mithören könnte. Er ist jetzt kurz vor dem Abitur und will dann wirklich in die Armee gehen. Zeitungen interessieren ihn nicht. Schon gar keine, die gegen die Regierung schreiben. Mit so was will er nichts zu tun haben, und wenn er General ist, wird er selber putschen.

*Samstag*

Am vierten Tag danach erzählte uns der Chef in der Mittagspause, daß ein Kunde ihm eine merkwürdige Zeitung gegeben habe. Er lobte die Fragen und sagte, die ganze Nacht habe er über sein Leben nachgedacht. Er bewunderte den Mut der Untergrundgruppe und wünschte, er könnte sie unterstützen.

*20.5.*

Ein grausiges Bild bietet unsere Straße seit drei Wochen. Die gegenüberliegenden Häuser verloren acht Meter Tiefe. Man hat sie an der Straßenfront einfach abgeschnitten. Manches kleine Haus verschwand, andere wurden durch den Einschnitt eng und häßlich. Wir ersticken in Auspuffgasen und Staub. Die Bulldozer machen einen höllischen Lärm. Sie fangen sehr früh an, weil sie in der Mittagshitze nicht arbeiten können, dann arbeiten sie weiter in die Nacht hinein. Wir haben viele Nachbarn verloren. Ich bin traurig, daß Josef mit seiner Mutter in eine weit entfernte Straße umziehen mußte. Von ihrem großen Haus sind nur drei dunkle Zimmer übriggeblieben, die sein Onkel bewohnt, da er sich keine bessere Wohnung leisten kann. Gott sei Dank, Mahmud und Nadia sind noch da. Jahrhundertelang haben Menschen hier gelebt, und jetzt zerfallen diese kleinen Lehmhäuser innerhalb von Tagen zu Staub. Sie sind viel zu schwach gegen die Bulldozer.

*25.5.*

Mein Tag begann heute wie ein Traum. Ich wachte in der Morgendämmerung auf und roch Jasminduft bis zu meinem Bett. Ich ging auf die Terrasse und sah, wie Hunderte von Blüten ihre Kelche im kühlen Morgentau öffneten. Unser Hof erschien mir ohne die vierzehn Kinder, die am Tage darin herumtollen, viel größer.

*Dienstag*

Heute, zwei Wochen später, spricht sogar die BBC London von unserer Sockenzeitung. Auszüge aus meinem Artikel wurden vorgelesen, Habibs sogar in voller Länge, aber keine einzige von Mahmuds Fragen wurde erwähnt. Merkwürdig!

*10.6.*

Wie Mahmud es schafft, auf diese Ideen zu kommen und dann auf ein paar Seiten das Ganze so witzig zu schreiben, ist mir rätselhaft. Ich bin wahnsinnig stolz auf ihn. Sein drittes Theaterstück hat er heute fertig. Noch schöner als die zwei ersten:

Ein Mann wird von einem Offizier beleidigt und geschlagen. Auf der Wache kriegt er noch eins drauf. Die Aussage eines Offiziers hat mehr Gewicht als die eines zerlumpten Teufels. Also beschließt der Mann, sich eine Uniform zu besorgen und befestigt auf der Schulter ein Paar Sterne. Die kann man überall kaufen. Er rasiert sich und zieht in ein kleines Zimmer in einem anderen Stadtteil. Von da an beginnt für den Mann ein neues Leben. Er führt tagsüber seinen Beruf aus, und abends spaziert er in der Uniform herum und genießt den Salut der Soldaten. Nach ein paar Tagen erhöht er seinen Offiziersrang zum General. Nun lassen ihn auch die Jeeps der Militärpolizei in Ruhe, und er fühlt sich noch wohler, weil nun viele Zivilisten ihn grüßen und anlächeln. Er geht sogar in Restaurants, ißt dort und gibt ungedeckte Schecks mit seiner Unterschrift als General aus. Immer wieder wechselt er die Straßen, in denen er auftaucht. Als es zu einem Putsch kommt, mischt er mit, und im Wirrwarr behält er einen klaren Kopf und gibt die richtigen Anweisungen, als der Putsch beinahe scheitert. So rettet er die neue Regierung. Das Stück ist märchenhaft und endet mit Fragen, ob unsere Regierung nicht auch aus solchen Typen besteht.

*26.6.*

Zum erstenmal nahm die offizielle Zeitung Stellung. Eine Agentenbande, von Israel bezahlt, triebe ihr Unwesen in unserem Land, um die Einheit zu schwächen. Die Regierung droht, »mit eiserner Hand zuzuschlagen«.

Habib lachte und sagte: »Das Eisen muß erst einmal importiert werden!«

*5.7.*

Eine neue Sprache entwickelt sich in unserer Straße, seitdem sie erweitert worden ist. Die alten Sätze: »Geh auf die Straße spielen«, »Draußen auf der Straße kannst du das machen« und »Hier ist nicht die Straße, wo du spielen kannst« sind für immer gestorben. Die neue Sprache der Straße sagt dagegen: »Vorsicht vor den Autos!«, »Spiele lieber hier in der Wohnung« und »Bloß nicht auf die Straße, da ist man seiner Haut nicht mehr sicher«. Unsere Mütter gewöhnen sich nur schwer daran. Manchmal sagt eine Mutter in ihrem Ärger: »Geh auf die Straße!«, korrigiert sich aber schnell und sagt: »Ich meine, sei ruhig.« – Ich habe, als ich die Zeilen geschrieben habe, an Robert gedacht. Unsere Straßen ähneln langsam denen, die er geschildert hat, nur haben wir hier noch nicht soviel zu essen wie die in Europa.

*10.7.*

»Heute will ich dich einladen. Hast du Lust, Märchen zu hören?«

Das ist doch keine Frage! Natürlich hatte ich Lust, und wir gingen zusammen los. Onkel Salim kennt die halbe Stadt. Immer wieder hielt er unterwegs an und grüßte die Händler und Handwerker. Als wir das Kaffeehaus erreichten, war Onkel Salim enttäuscht. Der alte Erzähler ist gestorben, und niemand hat seinen Platz übernommen. Er fragte, ob woanders noch jemand Geschichten erzählt, und erfuhr, daß es da noch einige Cafés gibt. Das bekannteste ist neben der Omaijaden-Moschee.

Wir schlenderten also dorthin. Das Café war ziemlich voll. Viele Touristen warteten und tranken Tee. Wir setzten uns in die Nähe des hohen Stuhls des Erzählers. Gegen sieben Uhr kam der Märchenerzähler. Er redete ziemlich laut und machte immer wieder lebhafte Bewegungen mit seinen Händen, um die Gefahr oder die Kämpfe zu betonen. Die Touristen knipsten ihn, und er wurde immer lauter und wilder. Das gefiel auch einigen Zuhörern, und sie gaben zwischendurch lauthals ihre Kommentare. Der Kaffeehauserzähler berichtete von den Kämpfen zweier Sippen, und nach einer Weile stritten im Saal zwei Männer miteinander, weil jeder die Partei einer anderen Sippe ergriff. Die Gäste an den Nachbartischen beruhigten sie.

Der Erzähler trug in Versen vor, was die Gegner in der Geschichte einander sagten. Sie lobten sich in den höchsten Tönen und tadelten den Feind maßlos. Manchmal war es ulkig. Ich lachte, als ein Held nicht nur sein Schwert, sein Pferd und seine Dichtkunst, sondern auch seinen Schnurrbart lobend beschrieb und sagte: »Auf meinem kräftigen Schnurrbart kann ein Falke stehen.« Aber ein Gast mit gewaltigem Schnurrbart schaute mich vom Nachbartisch zornig an und zwirbelte an seinem Prunkstück.

Die Geschichte wurde dort unterbrochen, wo sie am spannendsten war. Der Erzähler bat die Anwesenden, am nächsten Tag wieder ins Kaffeehaus zu kommen, damit er ihnen erzählen könne, was nun mit dem Helden passiert, der gerade dabei war, die Stangen seines Gefängnisfensters durchzusägen.

Onkel Salim war sichtlich enttäuscht. »Die Erzähler werden wie das Brot immer schlechter«, schimpfte er nach einer Weile. »Er brüllt und fuchtelt mit den Händen, aber seine Stimme dringt nicht ins Herz. Leise muß ein Erzähler sein, und je leiser, desto weiser ist er.«

Ich nahm den Erzähler in Schutz, da er brüllen mußte, damit die Leute im lauten Kaffeehaus ihn überhaupt hören konnten, aber das hat Onkel Salim nicht überzeugt. »Ein schlechter Erzähler ist einer, der über seinen Witz selber lacht, bevor er zu Ende ist.«

Das stimmt. Manchmal hatte der Mann laut gelacht und gesagt: »Jetzt wird es lustig.« Aber was danach kam, war eher traurig und manchmal fade.

*11.7.*

Onkel Salim ist von der Zeitung begeistert. Er vermutet, daß sein Freund, der alte Journalist, dahintersteckt. Ich habe es mir lange überlegt, aber ich werde ihm kein Wort davon erzählen. Dieses Geheimnis gehört nur mir.

*12.7.*

Ich habe Nadia gebeten, ihren Chef zu fragen, ob man wegen des Hörspiels gegen den Redakteur Ahmad Malas gerichtlich vorgehen kann. Es ist schon eine Weile her, aber wer weiß?

*14.7.*

Nadia sagte, ihr Chef glaubt nicht, daß das inzwischen sehr berühmte Stück von einem Fünfzehnjährigen stammt. Malas ist auch schon immer ein Liebling aller Regierungen gewesen und inzwischen ein mächtiger Redakteur. Die Aussage von fünfzig Kindern ist einen Dreck wert. (Nadia hat geschworen, daß er genau das gesagt hat.) Malas kann jederzeit beweisen, daß er und nicht Mahmud schon vor Jahren das Stück geschrieben und gesendet hat. Nennt man so etwas Recht?

*16.7.*

Ich habe mit Habib gesprochen. Er kennt diesen Ahmad Malas. »Alle diese Typen leben davon, daß sie für sich schreiben lassen. Es wäre interessant, in einem Artikel über viele bekannte Dichter und Musiker zu zeigen, wieviel sie geklaut haben.« Wenn er das täte, würde er auch Mahmuds Fall mit aufnehmen.

*18. 7.*

Habib ist total verändert. Er singt viel und ist sehr lustig.

Viele sprechen sogar jetzt noch, nach einem Monat, von der Sockenzeitung. Ich habe das Gefühl, daß viele sie vervielfältigen und weitergeben. Auch in Aleppo und Homs soll sie aufgetaucht sein. Von Nadia habe ich erfahren, daß der Geheimdienst am Durchdrehen ist.

Ich habe angefangen, in der Mittagspause tippen zu lernen. Der Chef meckert etwas darüber. Er hat Angst um seine Schreibmaschine. Manchmal finde ich einen Buchstaben nicht, als würde er sich vor meinen Schlägen verstecken.

*22.7.*

Nadia konnte heute für eine Stunde in Habibs Wohnung kommen. Sie ist bald sechzehn und kein Kind mehr. Sie ist in den letzten Monaten schnell gewachsen. Wir lieben uns sehr, und wir reden oft über die Zukunft. Heute hätte ich mich beinahe verplappert. Als ich über unsere zukünftigen Kinder sprach, sagte ich: ». . . die hoffentlich keine Sockenzeitung brauchen.« Nadia schaute mich mit großen Augen an, und ich versuchte, es witzig zu verharmlosen. »Ich meine«, sagte ich schnell, »die staatliche Zeitung, die nach Schweißsocken stinkt.«

Nadia schüttelte den Kopf. »Deine Witze werden auch immer blöder«, meinte sie und knöpfte sich die Bluse zu.

*24.7.*

Zwei Gedichte habe ich in der letzten Zeit geschrieben. Das eine über die Frauen, die von den Dichtern besungen werden, bis sie heiraten. Dann vergessen sie ihre Lieder und quälen ihre Frauen. Das andere Gedicht ist über das Meer, das sich bemüht hinaufzuspringen, um die Wolken vom Angesicht des Himmels zu waschen, weil es die blaue Farbe vermißt.

*1.8.*

Habib ist fast fertig mit seiner Übersetzung. Er bekam heute einen Vorschuß und gab ein Abendessen bei sich für Mahmud und mich. (Mariam schaute nur kurz herein.) Ich prahlte, daß ich zwei Seiten pro Stunde tippen kann. In Wirklichkeit schaffe ich nur eine, und die mit vielen Fehlern.

Im Geschäft ließ mich der Chef einige Briefe tippen. Heute habe ich Hunde statt Kunde getippt. Gott sei Dank, daß der Chef den Brief noch gelesen hat. »Wenn ich einen Kunden vergraulen will, dann brauch ich dir nur zu sagen, schreibe ihm einen Brief«, sagte er, »dann ist er einer der besten Hunde, und was er bestellt hat, ist kein Buch über Schwäne, sondern ein Buch übler Schweine, und die Lieben Grüße werden zu Leiden Füße.«

*3.8.*

Die zweite Nummer ist fertig! Ich habe ziemlich viel getippt. Habib schrieb über Bestechung. Er rechtfertigte die Bestechung der kleinen Beamten, die mit dem Geld ihre Kinder ernähren müssen, griff aber die Bestechlichkeit der Minister an, die dadurch das Land ausliefern.

Ich schrieb auch über die armen Schüler, die in jüngstem Alter arbeiten müssen und aus der Schule fliegen.

Mahmud entwickelte wieder ganz tolle Fragen. Die erste lautet: »Hast du die erste Ausgabe der Sockenzeitung schon gelesen?«

Wir riefen alle Menschen auf, die das Glück hatten, Lesen und Schreiben gelernt zu haben, ihre eigene Zeitung zu machen. Habib hat einen schönen Satz formuliert: »Das Wort ist die Pflicht eines jeden Menschen, überlasse es nicht der Regierung!«

*Sonntag*

Sechshundert Exemplare haben wir abgezogen. Mahmud und ich trugen die Socken am Freitag zum Markt, und wieder waren wir blitzschnell ausverkauft. Dann gingen wir durch den Basar und betrachteten die vielen Stände. Wir sahen einen Mann mit einem tanzenden Bären. Ein armseliges Tier, ausgemergelt und traurig. Sein Körper war von Narben übersät. Es humpelte herum, und Mahmud sagte, er sei sicher, daß der Bär geweint hat. Bären verstehen alles wie der Mensch. Was für eine Schmach wäre dieser Tanz, wenn der Bär tatsächlich Gefühle hat wie wir.

*6.8.*

Onkel Salim erzählte mir heute von einem Sultan, der während eines Ausflugs ein malerisches Dorf erreichte und dort rasten wollte. Er stieg von seinem Pferd, und die Bauern warfen ihm ihre Jacken unter die Füße, damit sie nicht staubig wurden. Sie freuten sich, weil er der erste Herrscher war, der ihr Dorf besuchte. Sofort wurde ein großes Essen vorbereitet: Hammel, gefüllt mit Mandeln, Rosinen und Reis, Salate, Käse und Wein. Ein großer Tisch wurde wie hingezaubert auf dem Dorfplatz aufgestellt. Der Sultan wunderte sich über den Reichtum der Leute und rief laut, man müsse die Erntesteuer verdoppeln. Dann fing er an zu essen und aß wie ein Stier, schnaufte, rülpste und fraß. Plötzlich fühlte er sich müde. Er schaute in die Runde und rief seinen Soldaten zu: »Niemand darf den Tisch verlassen, bevor ich aufwache.« Die Soldaten zückten ihre Schwerter und hielten die Männer am Tisch in Schach. Der Sultan schnarchte und schlief. Es wurde Nacht, und die

Männer wurden müde, aber die Soldaten wechselten die Wache und befahlen den Anwesenden, am Tisch zu bleiben. Der Sultan schlief selig weiter. Es wurde Morgen, und die Männer waren matt vor Müdigkeit, aber der Sultan pennte. Erst am Mittag wachte er schlecht gelaunt und mit steifem Hals auf. Er verfluchte das Dorf, in dem ein Gast nicht einmal ein weiches Bett bekomme, und ritt davon. Seit diesem Tag legen die Bauern keinem Besucher mehr die Jacken unter die Füße. Sie schauen ihn mißtrauisch an, und manchmal werfen sie Steine nach ihm, damit er das Dorf verläßt.

*8.8.*

Die Sender Israel, Jordanien und die BBC London haben über die zweite Ausgabe unserer Zeitung berichtet. Habib sagte, in der dritten Nummer wird er mit allen Parteien abrechnen. Er wird zeigen, daß es in Syrien keine Opposition unter den Parteien gibt. Wir beschlossen auch, ab dieser Nummer eine kleine Ecke für Literatur zu machen.

*12.8.*

Onkel Salim und mein Vater sind begeisterte Anhänger der Zeitung geworden. Mein Vater hörte die BBC London und war von der dritten Frage sehr angetan: »Weißt du zufällig, wie viele Tage in der Woche ein Bäcker arbeitet? (Die Antwort ist sieben, weil Bäcker trotz jahrzehntelangem Kampf noch immer keinen freien Tag haben.) Und wie viele Tage arbeitet ein Großgrundbesitzer in seinem Leben? (Die Antwort bewegt sich um die Null.)«

*17.8.*

Damaskus ist am schönsten in der Morgendämmerung. Heute wachte ich aus einem Traum auf und schlich aus dem Zimmer zur Terrasse hinaus. Die Straßenfeger waren gerade fertig mit unserer Straße. Sie schulterten ihre langen Besen und gingen mit langsamen Schritten nach Hause. Sie sahen müde aus. Ich habe irgend etwas gedacht, was die Straßenkehrer und Bäcker gemeinsam haben, aber jetzt, am Nachmittag, fällt es mir nicht ein.

*18.8.*

Irgendwie hat die Zeitung mich verändert. Ich schaue genauer hin, und in mir entstehen mehr Fragen als Antworten, wenn ich etwas höre oder sehe. Auch Nadia liebe ich sehr. Anders als früher bin ich jetzt sicher, daß wir zusammengehören. Das gibt mir Ruhe.

Wenn ich heute die frühen Notizen im Tagebuch lese, schäme ich mich und will sie am liebsten rausreißen, aber ich habe geschworen, nichts zu ändern. So bleibt es auch. Vieles hätte ich vergessen, wenn ich es nicht gleich notiert hätte. Ich bin auch darin viel fleißiger geworden. Ob ich zufrieden, traurig oder gleichgültig bin, schreibe ich nieder. Habib hat bereits über zehn Bände zusammen.

*20.8.*

Gestern saß ich nachts lange auf der Terrasse und schaute die Sterne an. Ich wollte ein Gedicht über die Nacht schreiben, aber meine Gedanken schweiften immer wieder ab und landeten bei Nadia. Wenn sie sich nur für einige Augenblicke zu mir legen dürfte und wir in der Frische der Nacht die Sterne zusammen anschauen könnten!

Vor ein paar Tagen hat Nadia zu mir gesagt: »Manchmal wünsche ich mir, daß du deinen Kopf auf mein Kissen legst, damit wir denselben Traum teilen können.« Jetzt habe ich keinen anderen Wunsch mehr.

*21.8.*
Die dritte Ausgabe ist heute sehr flott über die Bühne gegangen. Sie ist auch leserlicher als die ersten zwei. Mahmuds Fragen und mein Märchen über die listigen Homsianer, die sich seit Jahrhunderten verrückt stellen, sind gut geworden.

Der Besitzer der Sockenfabrik fragte mißtrauisch, wie wir heißen und wo wir wohnen. Wir haben ihm natürlich was vorgelogen, aber wir müssen vorsichtig sein. Der Geheimdienst ist ganz scharf geworden. Habib hat wahnsinnige Angst um uns.

*24.8.*
Heute war es knapp! Ich breitete mein Tuch neben dem Eingang eines Kinos im neuen Viertel aus. Die billigen Socken zogen die Passanten an, und ich hatte innerhalb kurzer Zeit drei Viertel der Ware verkauft. Mahmud paßte ganz in der Nähe auf. Plötzlich riß ein gutangezogener Mann den Verschluß der Socken auf und packte mich am Kragen. Mahmud war blitzschnell. Er hatte es sofort bemerkt und den Mann von hinten so kräftig angerempelt, daß er nach vorne taumelte und zu Boden stürzte. Ich schlüpfte aus seinem Griff und rannte weg, so schnell mich meine Füße trugen. Der Mann schrie: »Haltet den Dieb! Haltet den Dieb!«, in der Hoffnung, die Passanten würden ihm helfen, aber keiner tat es.

Als ich über eine Mauer kletterte und auf der anderen Seite eine Gasse hinunterrannte, schrien Kinder, die auf der Straße mit Murmeln spielten, erschreckt auf. Eine Frau schaute aus einem Fenster. »Schau, wie blaß der arme Junge ist!« rief sie einer Nachbarin zu.

Schnell bremste ich mein Tempo, als ich auf eine belebte Straße kam. Ich ging in das erste Café und bestellte mir eine Limonade. Eine halbe Stunde mußte ich sitzen, bis ich wieder genug Kraft in meinen Knien fühlte. Mein Chef meckerte, aber das tut er oft in letzter Zeit. Die Buchhandlung geht nicht so gut. Wir haben Konkurrenz.

Habib war richtig entsetzt und stolz zugleich. Er sagte, wir müssen einen neuen Weg, immer wieder neue Wege suchen und nicht zu lange dasselbe machen. In Aleppo, so hat er durch einen Freund erfahren, wurden bereits drei Gruppen, die auch eine Sockenzeitung machten, gefaßt.

*27.8.*
Weder der israelische noch der jordanische Rundfunk haben über die dritte Ausgabe ein Wort verloren, obwohl sie (vor allem durch den Mut von Habib, der sie in über dreihundert Postkästen einwarf) viel breiter verteilt wurde. Habib sagte, daß die Sender wahrscheinlich nicht darüber reden, damit die unzufriedene Bevölkerung in den anderen Ländern nicht auch ihre Sockenzeitungen macht.

Es muß doch einen anderen klugen Weg geben!

*29.8.*
Nadia fragte mich, warum ich in letzter Zeit so aggressiv sei. Es tut mir weh, daß ich es ihr nicht erzählen kann. Aber ich möchte sie nicht in Gefahr bringen.

*1.9.*
Ein Putsch! Schon wieder hat die neue Regierung, die aus altgedienten Generälen besteht, entdeckt, daß ihre Vorgängerin aus lauter Dieben und Verrätern bestand. Es ist nicht einmal witzig!

Die Gefängnisse sind überfüllt, und Nadias Vater dient als Schnüffler der neuen Regierung. Er hat bloß das Bild des alten Staatspräsidenten aus seinem Wohnzimmer entfernt und wartet, bis der neue seine Visage ablichten läßt.

2.9.
Habib hat eine neue Idee. Er hat überlegt, welche billigen, verkaufsstarken Artikel in Papier verpackt werden. Orangen eignen sich prima, man kann den Zeitungsstreifen ohne weiteres unter dem bunten Einwickelpapier verstecken. Textilien haben wir uns gleich aus dem Sinn geschlagen, weil sie zu langsam an die Kunden gelangen. Habib hat sich als Tagelöhner in der Verpackungsabteilung einer Pharmafirma verdungen. Sie stellen nur wenige Sorten her (Kopfschmerztabletten und ähnliches Zeug), die aber in rauhen Mengen. Er kann unser Zeitungsblatt leicht in die Tablettenpackung hineinstecken. Die Pharmafirma ist in der Nähe von Damaskus. Die Orangen werden an der Küste verpackt, aber Habib wird auch dorthin fahren.

4.9.
Habib fälscht wie ein Meister. Er hat sich Ausweispapiere mit anderen Namen gezaubert.

Ich habe eine Idee, wie wir die Zeitung an allen Ecken unter die Leute bringen können. Ein Luftballon, gefüllt mit einem leichten Gas, kann innen mehrere Streifen tragen, und wenn er irgendwo am Himmel platzt, fallen die Streifen über die Stadt. Mahmud ist begeistert von der Idee und hat mich an die Experimente mit Wasserstoff erinnert, die wir in der Schule gemacht haben. Ein wenig Zink und Salzsäure ergeben schon Wasserstoff. Morgen wollen wir es probieren.

5.9.
Auf dem Dachboden haben wir heute eine Hexenküche eröffnet. Eine Colaflasche, ein paar Stücke Zink (von einer kaputten Dachrinne) und Salzsäure (beim Händler heißt sie Salzseele und ist ganz billig) war alles, was wir brauchten. Es schäumte und brodelte in der Flasche, und als wir das

Gas mit dem Streichholz anzündeten, zischte eine bläuliche Flamme auf und versetzte uns in Schrecken. Die Flasche kippte um, und der Holzboden wurde verätzt und stank widerlich. Wir haben wie die Säue gehustet! Dann aber gelang es uns, einen Ballon mit dem Gas zu füllen, und er stieg ziemlich schnell in den Himmel.

Wie aber bringen wir ihn in der richtigen Höhe zum Platzen? Sonst kann nur Gott die Streifen im Bauch des Ballons lesen. Vielleicht eine lange Schnur daran befestigen und sie anzünden? Das versuchten wir beim nächsten Ballon, aber die Schnur brannte nicht. Morgen tränken wir sie mit Dieselöl.

*8.9.*

Es war dunkel auf den Feldern in der Nähe von Damaskus. Mahmud stopfte dreißig Streifen in den großen Ballon und füllte ihn mit Gas. Ich tauchte die dünne Schnur in Dieselöl, und wir ließen den Ballon aufsteigen. Als er etwa zehn Meter hoch am dunklen Himmel stand, zündeten wir die Schnur an. Doch die Flamme raste zu schnell hinauf, und bevor der Ballon noch einige Meter an Höhe gewinnen konnte, knallte es schon fürchterlich.

Wir rannten schnell weg. Die Flasche und die Zinkreste haben wir mitgenommen. Schon unterwegs trafen wir Leute, die verwirrt in den Himmel schauten und über die Explosion sprachen. Plötzlich fing Mahmud an zu lachen. Ganz toll ist dieser Kerl! Er kann an jeder Katastrophe etwas Komisches finden. Am Anfang war ich sauer, aber dann stimmte ich in sein verrücktes Lachen ein, und wir amüsierten uns über die Aufregung der Leute, die ein Ufo vermuteten. Sie werden die Blätter finden, und die Zeitung hat nun einen Mitarbeiter aus dem Weltall.

*11.9.*

Ich habe hundertachtundsechzig Lira erspart. Wenn ich zweihundert zusammenhabe, werde ich meiner Mutter ein Kleid für fünfzig kaufen. Dem Laden geht es etwas besser, und mein Chef nörgelt nicht mehr so oft. Er hat nun einige Renner für Unistudenten: »200 Fragen der Medizin«, »300 Fragen der Chemie«, »150 Fragen der Rechtswissenschaft«. Die Studenten kaufen diese Broschüren wie die Verrückten, und der Gewinn pro Stück ist nicht dreißig, sondern fünfzig Prozent. Und so was werden Mediziner, Chemiker und Juristen! Sie lesen die Fragen, lernen die Antworten wie ein Papagei und kippen sie aufs Papier. In den alten Zeiten war ein Medizinmann oder eine Medizinfrau ein weiser Mensch. Wenn ich lese, was ein Avicenna alles konnte oder was ein einziger Leonardo da Vinci alles wußte, dann kommen mir die Universität und ihre Lehrer sehr schäbig vor. Habib sagte gestern, ein Sokrates habe nicht mehr Bücher in seinem Leben gelesen als ein Abiturient, aber mit seinem Wissen sei er bis zur Wurzel des Lebens vorgedrungen.

Ich kenne Sokrates überhaupt nicht. Ich habe heute im Laden nachgeschaut. Es gibt drei Bücher über ihn.

*13.9.*

Wir hätten beinahe den Dachboden angebrannt, als wir heute mit einem Faden und Dieselöl herumexperimentierten. Ganz schwarz im Gesicht ging ich in die Küche. Meine Mutter machte sich lustig über mich. Sie rief mir den ganzen Abend lang Schornsteinfeger nach, bis mein Vater wissen wollte, wieso. Sie hat ihm vorgeflunkert, ich hätte ihr in der Küche geholfen und mich verdreckt. Das gerade liebe ich an meiner tollen Mutter. Sie verpetzt uns nie. Auch wenn wir sie fast zum Wahnsinn treiben, regelt sie es selbst mit uns. Nie sagt sie: »Warte, bis dein Vater kommt.« Sie haut uns manchmal und weint dabei, dann halten wir auch die Schnauze, wenn der Alte kommt. Mahmuds Mutter rennt immer gleich zu seinem Vater und nörgelt ihm was vor. Das mag ich an dieser Frau nicht.

*14.9.*

»Hast du Mariam von der Zeitung erzählt?« fragte ich Habib.

»Natürlich habe ich das. Diesen Fehler wiederhole ich nicht noch einmal.« Er erzählte mir, wie er seine politische Arbeit vor seiner Frau aus Sorge um sie versteckt und verheimlicht hatte. Doch seine Fürsorge hat sie nicht gerettet. Er hat aber auch erlebt, wie ahnungslose Frauen die Namen der Freunde ihrer Männer ausplauderten, ohne zu wissen, daß diese angeblichen Händler und Dozenten, Bauern und Handwerker, die ihre Männer von Zeit zu Zeit besuchten, hochrangige Funktionäre waren. Die Männer also hatten ihre Kumpels und Freunde verraten, weil sie ihren Frauen nicht vertraut hatten und mit ihnen nur das Bett teilten und sie kochen ließen. »Nur bei Spionen würde ich das verstehen, aber nirgends sonst!« sagte er.

Ich muß so bald wie möglich mit Nadia darüber reden. Ich bin kein Spion!

*16.9.*

Habib verpackt im Lagerraum der Fabrik die Bestellungen der Apotheker. Eine langweilige Arbeit. Er steckt dabei die Zeitungsstreifen in die Schachteln. Wir haben ihm von unserem Ballon erzählt, und er hat Tränen gelacht.

*18.9.*

Seit Ewigkeiten bin ich nicht mehr in die Kirche gegangen. Mein Vater fragte nach dem Grund, und ich sagte, daß ich wahrscheinlich nicht mehr hingehe, weil ich kein Taschengeld mehr brauche. Er hat sich fast verschluckt vor Lachen. Onkel Salim, der belustigt unserem Gespräch zugehört hatte, erzählte uns eine Geschichte:

»Ein armer Mensch wurde arbeitslos. Er war sehr gläubig und ging immer wieder in die Kirche, betete und betete, aber er fand keine Arbeit. Einmal bemerkte er, daß der Kasten unter dem Bild der heiligen Maria voll mit Münzen und Geldscheinen war, aber der Kasten unter dem Bild von Jesus war fast immer leer.

Eines Tages hatte der Mann die Nase voll vom Betteln. Er ging in die Kirche, stand vor dem Bild der heiligen Maria und sprach mit ihr.

›Heilige Maria. Ich suche den ganzen Tag und finde keine Arbeit. Meine Kinder brauchen ihr Essen und Kleider und ich meinen Schnaps, aber wie du siehst, keine müde Münze besitze ich. Ich bin nicht schlecht. Schau doch den Kasten deines Sohnes an. Nix. Der Wind pfeift darin. Und er ist auch nicht schlecht. Darf ich zwanzig Lira nehmen? Ich teile sie auch mit deinem Sohn, zehn für mich und zehn für ihn. Meine Kinder bekommen das Essen und ich meinen Schnaps. Dein Sohn steht dann auch nicht schlecht da. Wenn du nicht willst, sage es, dann lasse ich die Finger davon.‹

Das Bild hat natürlich nicht geantwortet, und der Mann tat, was er gesagt hatte. Am nächsten Tag kam er wieder.

›Ich bin beschämt, o heilige Maria‹, sagte er, ›ich kann dir nicht einmal in die Augen schauen. Aber was soll ich tun? Schau, deinem Sohn geht es nicht besser. Kein einziger Groschen. Heute brauche ich vierzig Lira, da die Miete fällig ist, aber ich bin wie ein Kamel. Ich vergesse nichts. Ich lege deinem Sohn auch vierzig rüber. Nur, wenn es dir zuviel ist, sage es. Ich fasse nichts an.‹ Das Bild sagte natürlich nichts, und der Mann nahm von dem überfüllten Kasten achtzig Lira, teilte sie und ging seines Weges.

Die Lage des Mannes wurde in den nächsten Tagen nicht besser, und er kam, nahm und teilte. Er fragte aber immer, ob die heilige Maria etwas dagegen habe, und sie sagte nie nein.

Der Pfarrer der Kirche rätselte lange über diese plötzliche Veränderung bei den beiden Opferkästen nach. Noch nie in zehn Jahren hatte er solch niedrige Zahlen bei Maria und solch gute bei Jesus gesehen. Seine Liste stimmte auf einmal nicht mehr, und um den Grund herauszufinden, versteckte er sich hinter dem Bild Jesu und wartete.

Der Mann kam, schaute zu Boden und sprach: ›O heilige Maria, seit zwei Wochen suche ich und finde keine Arbeit. Meinen Kindern und meiner Frau habe ich gesagt, daß sie alles, was ich ihnen gebe, deinem guten Herzen verdanken, und sie beten jeden Tag für dich. Meine Frau hat dich vorher nicht leiden können, aber jetzt kannst du auf sie rechnen, wenn du Schwierigkeiten hast. Na ja, ich rede heute soviel, weil die Miete wieder bezahlt werden muß, und ich schäme mich. Aber im Kasten von deinem Sohn erkälten sich die Holzwürmer vom Luftzug. Aber wenn du nicht willst, dann sage es, und ich lasse alles.‹

›Nein, ich will nicht!‹ rief der Pfarrer zornig.

Der Mann drehte sich erbost zum Jesusbild um. ›Du hältst die Klappe. Ich rede mit deiner Mutter! Aber gut, wenn du nicht willst, dann teile ich eben nicht mehr mit dir‹, schimpfte er, nahm die achtzig Lira und ging.«

Das allerschönste ist es, wie Onkel Salim es fertigbringt, für jede Lage die richtige Geschichte aus seinem Gedächtnis zu kramen.

*20.9.*

Ein herrlicher Tag! Heute konnte ich mit Nadia in den Zirkus gehen. Die Nachmittagsvorstellung fing um drei an. Ein ärmlicher Zirkus aus Indien ist zu Gast auf dem Messegelände. Nicht einmal eine Kasse haben sie. Ein Mann stand da und kassierte. Er hatte große Mühe, mit seinem spärlichen Arabisch zu handeln, und alle Zuschauer schienen feilschen zu wollen.

In der Vorstellung wollte nichts klappen. Die Hunde wollten nicht durch die Feuerringe springen, sie rannten unter ihnen durch. Die Elefanten hatten Durchfall, und der Seiltänzer rutschte auch noch beim fünften Versuch herunter, das Seil war aber nur etwa zwei Meter hoch.

Der Ansager strengte sich an, uns die Tigernummer spannend vorzustellen. »Es geht um Leben und Tod!« rief er, und die Tiger schlichen in den Ring, gähnten ununterbrochen und schliefen ein. Der Dompteur brüllte sie wie ein Löwe an, aber die Könige des Dschungels öffneten nur verschlafen ein Auge und gähnten wieder. Die Kinder lachten laut.

Nur die Messerwerfernummer hat Gott sei Dank geklappt. Nadia schloß aufgeregt die Augen und drückte meine Hand. Ich fand das Messerwerfen abscheulich. Das arme Mädchen, das dastand und zitterte! Sie war so schön wie eine Rose.

Die schönste Nummer war die des traurigen Clowns. Er erzählte die Geschichte einer Liebe, ohne ein Wort zu sprechen. Er hatte nur eine verwelkte Blume und bemühte sich, ihr Leben zu geben. Die Zuschauer johlten, aber Nadia und ich weinten.

*1.10.*

Den Trick mit der Schnur haben wir gelöst. Nach Tagen voller Tränen und Husten haben wir gemerkt, daß ein paar Tropfen Diesel reichen, damit die Schnur langsam, aber sicher abbrennt.

Vom Dach einer alten verlassenen Fabrik ließen wir einen großen Ballon mit fünfzig Streifen steigen. Der Wind trug ihn über die Innenstadt. Plötzlich blitzte er am dunklen Himmel blau auf. Wir warteten einen Augenblick, verstauten die Tüte mit unserem Chemielabor in einem verrosteten Faß und eilten nach Hause.

*15.10.*
Habib zog weitere dreihundert Streifen von der vierten Ausgabe ab. Er hat bei der Pharmafirma gekündigt, und morgen fährt er in den Norden, um als Orangenverpacker zu arbeiten.

Er schrieb mit der Hand einen Zusatz auf französisch: »Zeigen Sie diesen Streifen einem Araber, und lassen Sie ihn den Inhalt übersetzen. Wir wären dankbar, wenn Sie unsere Zeitung dann einem Journalisten übermitteln würden.«

Hoffentlich passiert ihm nichts. Ein mutiger Kerl!

*18.10.*
Wie dumm wir doch sind! Die einfachste Lösung lag vor unserer Nase, und wir machten riesige Umwege, gefährliche Umwege und atmeten Ruß und Öl ein. Das Ganze ist völlig überflüssig. Heute hatten wir die erlösende Idee. Wir füllten einen kleinen, leichten Bastkorb mit den Flugblättern, befestigten ihn an dem Ballon und ließen ihn aufsteigen. Nach ein paar Metern wehte der Wind die Blätter aus dem schaukelnden Korb. Je leichter die Last wurde, um so schneller stieg der Ballon in den Himmel und warf seine Ladung ab. Der Wind verstreute die Blätter für uns. Kein Blitz und kein Diesel mehr. So ist es auch weniger gefährlich.

*6.11.*
Drei Wochen sind vergangen, und Habib ist immer noch im Norden. Nadia und ich können uns immer öfter treffen. Es ist am schönsten, wenn wir uns bei Habib lieben.

*8.11.*

Ich habe den Verrückten gesucht. Ich weiß nicht, warum, aber gestern habe ich von ihm geträumt. Er war nicht mehr am Eingang der Omaijaden-Moschee. Ein Parfümverkäufer, der dort sein Tischchen mit den kleinen Duftflaschen feilbietet, sagte mir, daß der Verrückte von Tag zu Tag schwächer geworden sei und irgendwann bewußtlos dagelegen habe. Die Ambulanz hat ihn abgeholt, und seitdem ist er nicht mehr aufgetaucht.

*15.11.*

War das vielleicht ein schrecklicher Alptraum heute nacht! Habib hockte vor der Moschee mit zugeklebtem Mund. Er hatte Verbrennungen an den Händen. Sie waren quadratisch und rot.

*17.11.*

Onkel Salim wollte mir einen Tee einschenken. Seine zitternden Hände konnten das Glas nicht halten. Es fiel klirrend zu Boden und zerbrach. Ich versuchte es ihm gegenüber zu verharmlosen, aber Onkel Salim lachte über meine Sorge.

»Mein Freund, du hast jetzt eine Weisheit der Natur gesehen und bemühst dich, diese zu entschuldigen.« Und beim Teetrinken erklärte er mir diese Weisheit: »Die Natur, mein Freund, die Natur kann nicht sprechen. Sie zeigt aber, was sie sagen will. Sie sagt mir nun: Halte dich nicht fest an Dingen. Du kannst sie nicht mitnehmen, und je mehr du dich daran festhältst, desto schneller rinnen sie dir aus den Fingern. Das sagt die Natur, indem sie die Hände der alten Menschen schwächer macht, damit sie stärker denn je das Leben begreifen und genießen.«

*24.11.*
Nach vierzig Tagen ist Habib zurückgekommen. Er trägt jetzt einen grauen Bart. Die Rundfunkanstalten berichten wieder von der vierten Ausgabe. Habib hofft, daß die Orangen bald in gute Hände kommen. Er erzählte uns viel vom Meer und den Fischern.

*23.12. (Seit fast einem Monat nichts geschrieben!)*
So ein Glück! In Marseille haben mehrere Orangenkäufer die Streifen an Journalisten weitergegeben. Habib hat es von einem Kollegen erfahren und sich von einem Taxifahrer die französische Zeitung »Le Monde« aus Beirut mitbringen lassen. Die syrische Regierung hat diese Ausgabe verboten. Das tut sie immer, wenn irgendwas gegen sie in einer Zeitung steht. Es ist blöd, daß alle Menschen wissen, daß es uns schlecht geht, nur wir dürfen es nicht erfahren.

Wir saßen heute abend um die französische Zeitung, die neben der Übersetzung eine Abbildung der Sockenzeitung zeigt. Habib las uns die Einleitung vor. Einen knapperen, aber trotzdem so genauen Bericht kann man nicht schreiben. Die Socken und die Ballons wurden erwähnt und vor allem, daß die Sockenzeitung die einzige gute Zeitung in Syrien sei.

Habib umarmte mich. »Dir und deinem sturen Kopf verdanken wir das!« sagte er.

Ich habe fast geheult vor Freude. Das Lob war zuviel für mich, aber jetzt kann ich zum erstenmal schreiben: ICH BIN EIN JOURNALIST!

*PS:* Habib sagte, »Le Monde« wird in vielen Ländern der Erde gelesen.

*22.1.*
Eine zweite angenehme Neuigkeit habe ich heute erfahren. In den vierzig Tagen hat Habib einen Krimi übersetzt. Der Autor heißt Maurice Leblanc, und der Roman ist einer von zwölf Abenteuerromanen, die sich um einen lustigen und mutigen Dieb drehen. Der Dieb heißt Arsène Lupin. Die Geschichte ist toll, und der Lebenslauf des Autors ist ein Abenteuer. Der Dieb kann sich unwahrscheinlich schnell in verschiedene Gestalten verwandeln. Er beraubt die Reichen (gut!!!) und gibt den Armen. Nicht nur die Polizei, sondern auch seine Berufskollegen sind hinter ihm her, weil er ihnen die fette Beute vor der Nase wegschnappt. Dies alles tut er, ohne einen Schuß abzugeben. Sein kluger Kopf ist der Gewalt überlegen. Habib sagt, der Lupin sei in Frankreich sehr beliebt.

*10.1.*
Verdammt! Mahmud ist wieder arbeitslos. Sein Chef mußte aufgeben. Keiner will mehr bei ihm schneidern lassen. Die Leute kaufen billige Wegwerfware und lassen so viele kleine Geschäfte eingehen.

Diesmal wollte Mahmud zu Hause nichts verheimlichen, obwohl ich ihm Geld angeboten habe. »Nein, er soll es wissen. Es ist mir egal, ob er sauer wird oder nicht.«

Der Vater hat getobt, aber Mahmud hat zurückgeschrien, daß er die Arbeit nicht verloren hat, weil er schlecht ist, sondern weil das Land schlecht ist.

Der Vater hat geschwiegen und dann einen Tee für Mahmud gemacht.

*15.1.*
Mahmud war den ganzen Tag auf Arbeitssuche. In der Mittagspause ging ich zu einigen Kunden von uns, die mich gut leiden mögen, und fragte, ob sie jemanden brauchen könn-

ten. Die Leute waren freundlich, aber keiner wollte eine Aushilfe. So ein Scheißleben, immer auf Arbeitssuche sein zu müssen!

*18.1.*

Ich schreibe wieder viele Gedichte und kurze Märchen. Nadia findet sie schön. Ich habe heute mit einem Märchen über eine rote Blume angefangen, die sehr klein ist und versucht, über einen riesigen Stein zu klettern, weil sie nicht glaubt, daß die Welt am Stein endet. Was mit ihr passiert, weiß ich noch nicht.

Leila sagt, meine Märchen seien komisch. Sie will lieber welche, wo eine Prinzessin einen Prinzen heiratet. Was geht mich das an, wenn die Typen sich heiraten? Ich liebe Nadia, und sie ist meine rote Blume.

*23.1.*

Heute bin ich siebzehn geworden. Ich habe nicht daran gedacht, aber Habib wollte, daß ich unbedingt mit Mahmud zum Abendessen komme. Als ich ankam, war der großartig gedeckte Tisch eine Überraschung. Auch Mariam hat sich eine halbe Stunde zu uns gesellt.

*30.1.*

Nadia hat mir heute erzählt, daß ihr Vater nur noch von der Zeitung redet. Ich habe ihr dann gesagt, daß ich die Zeitung mit Freunden zusammen mache, sie aber zuvor schwören lassen, daß sie es niemandem sagt. Sie hat bei ihrer Liebe zu mir geschworen, daß sie eher sterben würde, als mich zu verraten. Aber geglaubt hat sie mir nicht, denn beim Abschied sagte sie lachend, das Märchen von der Zeitung sei eine Wucht.

Ich habe weiter an der »Roten Blume« geschrieben. Sie klettert und klettert, überwindet den Stein und sieht eine große Welt vor sich. Sie spielt mit der Sonne und verliebt sich in den Mond, der ihr Geschichten erzählt. Dann kommt ein Wind auf und kratzt sich an ihr, als er über den Stein gleiten will. Er schmeichelt ihr und bittet sie, sich wie der Efeu dem Stein anzupassen.

Wird die Blume das machen? Was passiert, wenn sie es nicht tut?

*6.2.*

Onkel Salim hat heute von seiner verstorbenen Frau geträumt. Sie ist nackt gewesen und so jung wie in der ersten Nacht. Sie hat ihn in ihre weichen Arme genommen, und er hat den Genuß der körperlichen Liebe empfunden wie seit zwanzig Jahren nicht mehr. Sagenhaft!

*11.2.*

Unser Nachbar, der Gemüsehändler, hatte heute Pech, obwohl es am Anfang wie Glück erschien. Seine Frau brachte ihm heute morgen einen Jungen zur Welt. Der erste nach sieben Töchtern! Er war dermaßen über die Nachricht erfreut, daß er schon vormittags einen halben Liter Arrak trank und bald besoffen war. Gegen Mittag war er ganz voll. Er fing dann an, sein Gemüse zu verschenken und es den Passanten einfach zuzuwerfen. Einige arme Teufel sammelten die Karotten, Tomaten und Kartoffeln auf und eilten nach Hause, bevor der knausrige Händler wieder klar wurde und Geld dafür verlangte. Manche aber beschimpften ihn, weil er sie mit einer Tomate oder Kartoffel am Kopf getroffen hatte. Immer größer wurde seine Freude und der Haufen Gemüse, mit dem er in seiner Begeisterung um sich warf, denn er war zum erstenmal in seinem Leben der Mittelpunkt der Straße.

Eine Melone aber machte dem Spaß ein Ende. Sie traf einen vorbeischlendernden Offizier wuchtig in den Bauch, und dieser taumelte und fiel in eine Pfütze. Die Fröhlichkeit des Gemüsehändlers steckte einige Rabauken an, die noch selten einen Offizier in einer Pfütze sitzen sahen, und sie wälzten ihn im Dreck und warfen seine Mütze immer wieder in die Luft. Das Glück verwandelte sich in Unglück. Der Gemüsehändler wurde zur Wache geholt und bekam dort einige Ohrfeigen und eine Geldstrafe, die ihn weitaus mehr schmerzte. Offiziere legen großen Wert auf ihre Kleidung.

*20.2.*

Ich bin siebzehn und liebe die Geschichten meines besten Freundes Onkel Salim genauso wie vor zehn Jahren. Heute denke ich, daß er voller Weisheit die Geschichten in Abständen wiederholt, denn nicht nur die Geschichten verändern sich beim Erzählen, der Zuhörer ist auch älter geworden und nimmt andere »Zauberfrüchte« aus der Erzählung mit.

Geschichten sind Zauberquellen, die nie versiegen.

*1.3.*

Ich habe Mahmud und Habib erzählt, daß ich Nadia alles gesagt habe. Sie waren nicht zornig, wie ich befürchtet hatte. Im Gegenteil! Die rote Blume beschließt, dem Wind nicht zu gehorchen, und lehnt seine verführerischen Angebote ab. Er wird zornig, verwandelt sich in einen Sturm und greift sie an. Die rote Blume kämpft und schlägt den Wind mit ihren Stacheln zurück, aber er reißt sie aus und wirft sie zu Boden. Die kleinen Blumen sind erschrocken, und einige, die es auch wagen wollten, über den Stein zu klettern, sind entmutigt. Einige ältere Blumen sagen: »Das hat sie davon, diese ewig Neugierige.« Aber die rote Blume beschreibt leise die Welt auf der anderen Seite des Steines, erzählt vom Mond und der Sonne. Denn bis jetzt hatten sie alle nur gewußt, daß die Welt aus feuchter Erde und einem großen Stein besteht, hinter dem etwas Dämmerlicht hereinscheint. Als die Blumen das hören, fangen sie an zu klettern. Manche fallen zurück, aber die anderen gehen weiter. Seit diesem Tag bleibt keine Blume mehr hinter den Steinen. Sie klettern, bis sie die Sonne sehen und die Geschichten des Mondes hören können.

Nadia weinte, als ich ihr die Geschichte erzählte. Sie sagte, das könne jede Frau sein.

Leila fand die Geschichte nicht gut. Sie maulte, besser wäre es, wenn dieser blöde Wind stirbt oder eine auf die Schnauze kriegt. So dumm ist dieser Vorschlag nicht. Vielleicht werde ich mit dem Wind in einer zweiten Geschichte abrechnen.

*11.3.*

Mahmud hat eine Arbeit gefunden. Tellerwaschen in einem noblen Nachtlokal. Ich bin dagegen, daß er unter Zuhältern arbeitet, Nadia und Mariam auch. Nur Onkel Salim und Habib finden nichts dabei. Jeder aus seiner Sicht. Onkel Salim sagte, ein Löwe wird nicht zum Hund, wenn er aus Hunger an einem Knochen nagt. Auch Habib nahm Mahmud in Schutz und meinte, Mahmud müsse sein Brot verdienen, und da helfe meine verkorkste Moral nichts. Das hat mich vielleicht geärgert!

Mahmud war zornig auf mich, und wir haben uns zum erstenmal richtig gestritten.

»Du solltest Pfarrer werden und nicht Journalist«, fuhr er mich an. Richtig frech war er zu mir, und ich habe es ihm zurückgegeben. »Lieber Pfarrer als bei den Huren das Brot verdienen!« schrie ich.

Habib nahm die Huren in Schutz und sagte, sie seien genauso gut wie jeder Minister oder jede Hausfrau, nicht besser, aber auch nicht schlechter. Sie müssen sich auch irgendwie durchschlagen. »Der Staat ist der Zuhälter!« rief er und lachte merkwürdig. »Und du bist ein Pfaffe.«

Ich rannte wütend aus der Wohnung. Mahmud kam hinter mir her, und wir gingen schweigsam nach Hause. Kurz vor der Haustür hielt er mich fest. »Du bist mein Freund, auch wenn du mich verletzt hast«, sagte er.

Ich umarmte ihn und bat ihn um Verzeihung. Zu Habib will ich aber nicht mehr gehen.

*15.3.*

»Zum drittenmal ist mir meine Frau im Traum erschienen. Sie sagt mir immer wieder, sie möchte mich bald sehen«, sagte Onkel Salim heute und versetzte mich in Angst. Meine Mutter glaubt das. Ich ängstige mich um meinen Freund, obwohl er vor Gesundheit strotzt.

*19.3.*

»Du bist mein bester Freund. Schade, daß du so spät geboren wurdest. Ich hätte dich gern irgendwann als junger Kutscher getroffen«, sagte Onkel Salim heute ohne Grund. Ich war vorbeigekommen, um zu sehen, ob er irgendwas vom Markt braucht. Das machen alle Kinder im Haus. »Nur meine Frau hat bisher meinen Schatz gesehen«, fuhr er fort, »aber dir will ich ihn auch zeigen, nur mußt du mir dann einen Wunsch erfüllen!« Der Onkel holte eine kleine Zigarrenschachtel unter dem Bett hervor. Er strich sacht mit der Hand darüber, als wäre sie aus Silber. Behutsam öffnete er sie.

»Siehst du diesen Schlüssel?« fragte er. »Das ist der Schlüssel meiner Kutsche. Ich habe alles verkaufen müssen, aber den Schlüssel habe ich nicht hergegeben.« Er legte den Schlüssel zur Seite und nahm eine Murmel aus der Schachtel. »Mit dieser Murmel habe ich als Kind gespielt. Sie war meine Lieblingskugel, und wenn ich sie streichelte, brachte sie mir Glück im Spiel.« Dann holte er eine kleine trockene Wurzel aus der Schatzkiste. »Diese Wurzel ist aus einer Pflanze, die in den Bergen wächst, dort, wo ich mich versteckt hielt. Die Pflanze wird jedes Jahr geschnitten, und sie wächst immer wieder nach. Sie ist nicht totzukriegen. Die Bauern tragen sie in ihren Taschen, weil sie Leben gibt. Ich habe sie während meiner fünfjährigen Flucht immer bei mir gehabt. – Und diese Goldmünze ist von einem Räuber, dem ich einmal das Leben gerettet habe. Er trug mir auf, sie dem zu geben, der keinen Ausweg mehr sieht. Ich habe erst sehr spät erkannt, welche Weisheit in diesem Räuber steckte, denn immer, wenn ich sie jemandem geben wollte, suchten wir einen Weg und fanden ihn auch.«

Onkel Salim schwieg lange, als ahnte er die große Last seines Wunsches. »Mein Freund«, sagte er endlich, »ich möchte, daß du die Murmel, den Schlüssel und die Wurzel zu mir ins Grab legst. Die Goldmünze übergebe ich dir mit der Bitte des Räubers.«

Mir wurde schlecht. »Du wirst nicht sterben«, flüsterte ich heiser, aber Onkel Salim bestand darauf, mir die Schachtel auszuhändigen. Sie liegt jetzt unter den Brettern des Kleiderschrankes verborgen, genau dort, wo ich mein Tagebuch verstecke.

*20.3.*

Onkel Salim ist krank. Ich habe ihm Essen und Tee ans Bett gebracht. Er atmet schwer und sagt, er habe sich durch einen Luftzug erkältet.

*PS:* Seit neun Tagen war ich nicht mehr bei Habib.

*21.3.*

Gestern war es schon spät, als meine Mutter in mein Zimmer kam und sagte, ein Herr stehe unten an der Tür und frage nach mir. Sie vermutete, daß es Habib sei, da sie sein Hemd und seine Hose vom Waschen her kannte.

Ich sprang aus dem Bett. Da stand er schon und lächelte. Ich lud ihn ein hereinzukommen. Meine Mutter beeilte sich und machte Kaffee.

»Ich will mich bei dir entschuldigen. Ich war sehr grob zu dir, aber du warst unmöglich!« sagte er und streichelte mir über die Haare.

»Fang nicht wieder damit an. Ich habe nur meine Meinung gesagt«, erwiderte ich.

Wir redeten und redeten, und er blieb bei seinem Standpunkt. Ich bei dem meinen, aber er war höflich. Meine Mutter brachte den Kaffee und setzte sich zu uns.

»So eine schöne Mutter hast du«, schmeichelte der Gauner, und meine Mutter lachte. Wir verabredeten, daß ich heute nach der Arbeit zu ihm kommen solle.

Heute war ich dort, Mahmud auch. Seine Arbeit fängt erst um acht Uhr an und dauert bis vier Uhr morgens. Er erzählte von seiner Stelle. Der Besitzer ist ein Schwein, und Mahmud würde ihn am liebsten gegen die Wand klatschen, aber die Tänzerinnen und Animierdamen sind sehr nett. Sie kommen ab und zu in die Küche und scherzen mit dem Personal. Manchmal spendieren sie auch etwas, wenn sie draußen gut verdienen.

Na ja, wie er das beschreibt, scheint die Arbeit nicht schlecht zu sein. Er verdient gut.

*24.3.*

Onkel Salim ist seit über vier Tagen krank. Es sah am Anfang wie eine Erkältung aus, aber nun fiebert er seit drei Tagen. Meine Eltern beschlossen, den Arzt zu holen, weil weder der Tee noch die kalten Umschläge halfen. Nachdem mein Vater mit dem Arzt gesprochen hatte, rief er Salims Tochter in Aleppo an. Sein Sohn lebt in Amerika. Man kann ihn nicht erreichen.

Noch nie habe ich meinen Vater so traurig gesehen. Jeden Tag, wenn er von seiner Bäckerei kommt und bevor er ißt, geht er erst zum Onkel und streichelt ihm immer wieder die Hand. Onkel Salim will, daß ich bei ihm bleibe. Ich sitze neben ihm, bis er einschläft. Mein Gott, wie klein er geworden ist. Als wäre er eingeschrumpft in seiner eigenen Haut.

*26.3.*

Onkel Salims Tochter ist angekommen. Ich hatte sie seit zehn Jahren nicht mehr gesehen. Sie hat sich nie mit ihrem Vater verstanden. Jetzt ist sie so besorgt und lieb zu ihm. Onkel Salim behandelt sie aber nicht so freundlich. Er fragt sie immer wieder, warum sie da sei. Sie solle zu ihrem bescheuerten Mann zurückkehren. Sie weinte bittere Tränen bei uns, daß er es ihr nie verziehen habe, daß sie mit dem Sohn seines Feindes abgehauen ist. Das verstehe ich nicht, und wenn er wieder gesund ist, werde ich ihn fragen. Meine Mutter wollte aber nicht warten. Sie ging runter zum Onkel und sprach mit ihm, und nach einer Weile rief sie nach mir und der Tochter und eilte in die Küche. Wir rannten hinunter, und da saß der alte Gauner aufrecht in seinem Bett und lachte. »Komm her!« rief er seiner Tochter zu. »Die Hanne hat mich unter ihre kalte Dusche gestellt. Komm, laß dich umarmen.«

Die Frau schluchzte an Onkel Salims Schulter, und er küßte sie auf die Stirn. Ich saß sprachlos da, und sie erzählte dem Onkel, was ihr Mann ihm alles mitgeschickt habe und wie es den Kindern gehe (sie hat drei). Nach einer

Weile kam meine Mutter mit dem Kaffee und rief, als sie die beiden sah: »So ist es recht, verdammt ist der Zorn in seinem Grab!« Und wir lachten.

*28.3.*

Drei Tage lang ging es dem Onkel besser. Seine Tochter wollte beinahe schon abfahren, aber heute war Onkel Salim plötzlich bewußtlos. Verzweifelt rannte ich zum Arzt. (Ich arbeite schon seit über einer Woche nicht mehr und habe meinem Chef erklärt, daß ich Onkel Salim nicht verlassen will. Er war sehr nett und sagte, ich solle gehen und bei meinem alten Freund bleiben, bis er gesund ist.) Der Doktor sagt, es stehe sehr schlecht um Onkel Salim. Es sei auch nichts zu machen. Sein Herz sei zu schwach geworden. Verdammt!!! Ich würde ihm so gern einen Teil von meinem geben!

*5.4.*

Ein Putsch! In der Morgendämmerung knatterten die Gewehre. Kampfflugzeuge donnerten tief über die Häuser hinweg. Eine lange Zeit blieb der Rundfunk stumm. Erst gegen Mittag brachte der Sprecher mit erregter Stimme das erste Kommuniqué. Die Regierung sei gestürzt worden, weil sie – was denn auch sonst! – korrupt und verräterisch gewesen sei. Der Sprecher drohte jedem Gegner der neuen Revolution mit Vernichtung. Das Ausgangsverbot wurde für die nächsten Tage verhängt (zwanzig Stunden am Tag. Nur von 12 bis 16 Uhr darf die Bevölkerung raus). Mein Vater sagte, die neue Regierung habe noch nicht alles in der Hand. So klingt es auch in der Tat.

Onkel Salim röchelt meist leise vor sich hin und fiebert. Ich habe seiner Tochter mein Bett abgegeben und schlafe seit drei Tagen bei Leila. (Dieses Monster legt sich dauernd quer und haut in der Nacht um sich.) Meine Mutter zündet jeden Morgen eine Kerze für die heilige Maria an, damit sie Onkel Salim beschützt.

*6.4.*

Das Ausgangsverbot ist immer noch verhängt, doch trotz der Gefahr habe ich mich zu Habib geschlichen. Auch er hat das Gefühl, die Machthaber seien noch nicht fest im Sattel. Die Luftwaffe und die Marine sind gegen sie. Es wird von Putsch zu Putsch schlimmer, da die Waffen jedesmal eine stärkere Wirkung haben. Es reicht, daß die Luftwaffe sich nicht ergibt. Der Kampf um die Hauptstadt kann Tage und Wochen dauern. Die Düsenjäger überfliegen Damaskus. Sie werfen aber keine Bomben. Damaskus liegt ganz in der Hand der neuen Putschisten, aber der Norden des Landes weigert sich, und die Wege sind abgeschnitten. Die Straßen waren wie leergefegt, als ich zurückkehrte. Ich habe von Habib erfahren, daß die hysterisch gewordenen Soldaten auf jeden schießen, den sie auf der Straße treffen. Ich war sehr vorsichtig und ging immer nur ein paar Schritte, stand dann in einem Hauseingang oder in einer Seitengasse eine Weile still und beobachtete, ob eine Patrouille in der Nähe war.

Mein Gott, meine Mutter war vielleicht sauer, als ich heimkam! Sie wollte nicht mehr mit mir reden, bis ich versprach, daß ich so was nie wieder mache. Sie hat ja recht. Es war leichtsinnig.

Onkel Salim schlief ruhig. Seine Tochter war etwas erleichtert, weil er am Nachmittag aufgewacht war. Er hatte gegessen und einen Tee getrunken, gelacht und nach mir gefragt.

Mein Vater saß in seinem Zimmer und lauschte im Dunkeln dem Radio. Als ich eintrat, flüsterte er: »Sie kämpfen immer noch. Die Marine hat das neue Regime anerkannt, aber die Luftwaffe hat den Rundfunk und den

Präsidentenpalast fast zerstört. Aleppo weigert sich, und die Panzer rollen in den Norden. Gott schütze die Frauen und Kinder!«

*Montag, den 8.4.*

Gestern war der traurigste Tag meines Lebens. Onkel Salim, dieser tapfere und edle Mensch, ist gestorben.

Was für ein Verlust für uns alle! Ich habe meinen besten Freund verloren. Er war immer für mich dagewesen und hatte mich vor allen Erwachsenen in Schutz genommen. Wenn ich mal eine Schweinerei gemacht hatte, war Onkel Salim ganz hart zu mir gewesen. Er hatte mich aber nie vor den anderen gedemütigt, wie mein Vater und die Lehrer in der Schule es tun. Nein, er hatte mich dann beiseite genommen und mir wütend, aber leise erklärt, was für ein mieser Kerl ich war.

Alle Nachbarn, ob Erwachsene oder Kinder, weinten, und das ganze Haus war voller Leute.

Er starb in der Nacht, lautlos, und hat uns für immer verlassen. Das kleine Zimmer ist mit den Blumen seiner Freunde übersät. Mein Vater ließ die Bäckerei geschlossen und kochte für die Beileidsgäste bitteren Kaffee, wie es bei solchen Anlässen üblich ist. Mit anderen Männern zusammen holte er einen einfachen Sarg, obwohl das Ausgehen noch immer verboten ist. Meine Mutter half, Onkel Salim zu waschen. Sie ging dazwischen immer wieder in den Hof, setzte sich in eine Ecke und weinte. Nadia und ihre Mutter waren den ganzen Tag hier. Nur ihr Vater, das elende Schwein, kam nicht, obwohl er zu Hause saß. Nadia streichelte mir über den Kopf und hielt ohne Angst meine Hand, weil es mir ziemlich dreckig ging.

Der Pfarrer mahnte schon bei seiner Ankunft zur Besonnenheit. Ein Trauerzug sei gefährlich, deshalb würde er eine Genehmigung für einen Wagen besorgen, in dem er und die Tochter den Toten zum Friedhof bringen könnten. Mein Vater hat in seinem ganzen Leben noch nie einen Pfarrer angeschrien, aber gestern war er stinksauer. Ich war richtig stolz auf ihn. Er schrie den Pfarrer an, die Kirche sei nicht mehr für die Armen, sondern für die Mercedesfahrer da. Jesus habe sich immer zu den Geschundenen gestellt, aber die Kirche gehorche dem dümmsten Offizier.

»Onkel Salim«, rief er in die stumme Versammlung hinein, »war kein Verbrecher, den man bei Nacht und Nebel auf den Friedhof schmuggelt. Er war ein edler Mensch, und der Trauerzug soll es auch zeigen!«

Die Männer und Frauen unterstützten ihn und beschlossen, auf das Ausgangsverbot zu pfeifen. Der Pfarrer wurde blaß und wollte sich verdrücken. Er sagte, er habe eine Taufe, und er würde einen Stellvertreter schicken.

»Du bleibst hier«, befahl Onkel Salims Tochter und hielt den Pfarrer fest, als er an den stummen Männern vorbeigehen wollte. »Wenn die Männer dich nicht halten, dann tue ich das. Er ist mein Vater!« schrie sie, und der Pfarrer blieb.

Die Frauen beschlossen, anders als die Sitte es vorschreibt nicht nur zur Kirche, sondern bis zum Friedhof mitzugehen. Keine wollte die Männer in der Not alleine lassen.

Einen solchen Trauerzug hatte unsere Straße noch nie gesehen. Hunderte von Menschen begleiteten Onkel Salims Sarg, der von sechs Männern getragen wurde. Über zweihundert Frauen liefen vor ihm her, auch das hatte es noch nie gegeben. Ich ging mit Mahmud und Habib direkt hinter ihm inmitten des Gedränges. Als die Männer mit dem Sarg die Hauptverkehrsstraße erreichten, drehten sie sich dreimal im Kreis, damit Onkel Salim sich von seiner Gasse verabschieden konnte, dann ging der Zug weiter in die nahe Kirche. Die war gerammelt voll. Ich blieb mit Habib draußen, Mahmud dagegen wollte mit seinem Vater direkt neben dem Sarg stehen. Josef kam verspätet und stellte sich stumm zu uns. Der Pfarrer hielt eine gute Rede.

Von der Kirche ging der Trauerzug durch die breite Straße zum Osttor der Stadt, dann bog er nach rechts zum Friedhof ein und machte nach hundert Schritten plötzlich halt. Ich konnte nichts sehen, hörte nur Schreie. Wir wußten, daß etwas geschehen war, und rannten nach vorne. Ich packte mein Messer in der Tasche, und Mahmud holte seines schon heraus. Ein Jeep stand quer auf der Straße, und vier Soldaten richteten Maschinengewehre auf die Frauen. Die Frauen aber wollten nicht anhalten. Sie schimpften laut, und Onkel Salims Tochter riß ihre schwarze Bluse auf und schrie: »Laßt den Trauerzug gehen, und schießt auf mich!« Sie stürmte weiter, und die anderen Frauen griffen nach Steinen vom Straßenrand und gingen auf die zurückweichenden Militärs zu.

Als eine Frau rief: »Wir sind eure Schwestern und Mütter!«, sah ich, wie einige Soldaten zu Boden schauten. Der Offizier im Wagen gab den Befehl zum Rückzug, und der Jeep raste davon. Ich schaute zurück und war überrascht, daß Habib hinter mir stand und eine Pistole in der Hand trug. Er sicherte sie wieder und steckte sie in seine Jacke. Nie im Leben hätte ich gedacht, daß Habib eine Pistole besitzt. Ich wußte aber, daß mein Vater und zwei andere Nachbarn ihre Waffen mitgenommen hatten. Ich hatte sie im Treppenhaus darüber reden hören. Aber es waren die tapferen Frauen, die die Soldaten mit Steinen vertrieben hatten.

Am Grab hielt Habib mit trauriger Stimme eine ergreifende Rede, sprach über die Weisheit des verstorbenen Onkels und weinte genau wie die anderen Männer und Frauen.

*PS:* Wie Onkel Salim es gewünscht hat, legte ich die

Murmel, den Schlüssel seiner Kutsche und die vertrocknete Wurzel zu ihm in den Sarg. Der Pfarrer hielt es für Aberglauben, aber als er erfuhr, daß dies der Wunsch des Verstorbenen gewesen war, stimmte er zu. Nur die Goldmünze behielt ich. Ich werde den Wunsch des Räubers und von Onkel Salim erfüllen.

*11.4.*

Seit gestern hat sich das Leben wieder normalisiert. Ich gehe wieder arbeiten. Panzer sind überall zu sehen. Der Rundfunk ist zerstört, und viele Gebäude in der neuen Stadt tragen die Spuren der Kämpfe. Onkel Salim lebt in mir weiter, und ich werde, solange ich lebe, ihn bei mir behalten.

Vor etwa zehn Jahren war seine Frau gestorben. Etwa einen Monat danach hatte ich ihn besucht. Ich war damals sieben Jahre alt und schon ein dicker Freund des alten Kutschers. Als ich zu ihm kam, sah ich, wie er den Frühstückstisch deckte: zwei Teller, zwei Tassen, zwei Messer und zwei Löffel. Ich machte ihn darauf aufmerksam, daß seine Frau gestorben sei. Er lächelte und sagte: »Für dich, mein Freund, für dich ist sie gestorben. Bei mir lebt sie weiter, und sie wird am Leben bleiben, solange ich atme.«

Meine Mutter wird wahrscheinlich am nächsten Sonntag keinen Teller für Onkel Salim hinstellen, aber in mir wird er auch leben, solange ich atme.

*14.4.*

Die blöde Nachbarin Afifa hat ihrer fünfjährigen Tochter Angst eingejagt, und nun jammert sie über die Folgen. Die kleine Hala fragte ihre Mutter, warum Onkel Salim gestorben sei, und sie antwortete: »Weil er alt war.« – »Aber ihr seid alle alt, warum sterbt ihr nicht?« fragte die neugierige Tochter. Afifa saß in der Klemme, und sie fand keine bessere Erklärung als: »Onkel Salim hat vergessen zu atmen, während er schlief.« Nun wacht die arme Kleine jede Nacht erschrocken auf und ringt nach Luft. Sie weint immer vor dem Einschlafen, weil sie Angst hat, das Atmen zu vergessen. Und Afifa, diese blöde Kuh? Sie beschwert sich über das Mädchen, weil es keinen Spaß versteht.

*21.4.*

Die Tage vergehen, und doch kann ich Onkel Salim nicht vergessen. Er fehlt mir sehr. Ein Student zog in sein kleines Zimmer ein. Wenn ich manchmal die Treppe hinuntergehe und ein Geräusch höre, denke ich für Sekunden daran, bei Onkel Salim reinzuschauen. Komisch. Ich weiß doch, daß er gestorben ist, und doch passiert es mir immer wieder. Sein Lachen fehlt im Hof. Niemand konnte so kindlich und fröhlich lachen wie er.

Heute weiß ich, daß er sich geirrt hat. »Der Tod«, hatte er eines Tages gesagt, »ist ein langer Schlaf.« Nein, der Tod ist ein endgültiger Schritt. Er führt irgendwohin, wovon es kein Zurück gibt. Onkel Salim könnte in den Bäumen, Blumen und Disteln weiterleben. Jede Pflanze nimmt ein Stück von ihm aus der Erde und gibt alles weiter. Die Bäume Schatten und Geborgenheit, die Blumen Duft und Farbe und die Disteln Stacheln und Widerstand, aber kein Wesen auf der Erde wird aus alldem eine lebendige Mischung machen, die Onkel Salim ist.

Nein, ich habe ihn, den besten Freund, endgültig verloren. Ich fühle mich einsam. Mahmud und Nadia liebe ich. Vor Habib habe ich große Achtung, aber der Platz des Onkels bleibt leer.

*4.5.*

Mahmud ist nun zufrieden mit der Arbeit. Er steht nicht mehr in der Küche. Er bedient die Gäste im Nachtlokal. Viel Trinkgeld bekommt er nicht, aber er haut einige reiche Besoffene übers Ohr. Sie haben Geld wie Heu. Die Frauen in dem Lokal sind alle blond. Die Hälfte von ihnen stammt aus Europa, die anderen färben ihre Haare, weil die Männer im Nachtlokal gerne Blondinen sehen. Die Frauen tanzen fast nackt vor den gaffenden Typen und trinken mit ihnen. Wenn sie was bestellen, verlangen sie natürlich die teuersten Getränke, weil sie Prozente kriegen.

Der Besitzer läßt die Frauen sich auch vor ausgesuchten mächtigen oder superreichen Gästen ausziehen. Die Frauen sind sehr schön, aber sie trinken viel und sind todunglücklich.

*7.5.*

Nadias Vater dient wieder der neuen Regierung und jagt die gestrigen Machthaber, weil einige von ihnen der ersten Verhaftungswelle entkommen sind. So ein dreckiges Schwein! Nadia verachtet ihren Vater sehr.

Heute hat sie mir einen schönen Satz gesagt, als ich wieder auf Onkel Salim kam: »Niemand kann einen Freund ersetzen, aber die Treue dieses Freundes werde ich dir halten, damit dein Verlust kleiner wird.«

Ich liebe sie.

*11.5.*

Wir bereiten die fünfte Ausgabe vor. Habib schreibt einen Artikel über die Putsche in Syrien, ich ein Märchen über die Freundschaft und widme es dem Freund O.(nkel) S.(alim). Den Namen kann ich nicht ausschreiben. Die sieben Fragen von Mahmud sind die bisher tollsten. Es geht dabei um die doppelte Moral, um den Tod und die Putsche. Die lustigste lautet: »Nicht nur Brot und Milch sind abhanden gekommen. Auch die orientalischen Tänzerinnen sind ausgestorben. In den Nachtlokalen wackeln Amerikanerinnen uns was vor. Weißt du, wo all diese vermißten Dinge geblieben sind? Frage die Revolutionsregierung!«

*15.5.*

Nadia kam heute für zwei Stunden in die Wohnung von Habib. Er ging in das Café, wo viele Schriftsteller und Journalisten sich treffen und einander erzählen, was sie so gehört haben. Ein Angebot, in der Zeitung der Regierung zu arbeiten, schlug er aus. Er lebt nicht schlecht von den Übersetzungen. Das Buch des Arsène Lupin ist erschienen. Ich bekam ein signiertes Exemplar von Habib.

Heute habe ich Nadia die Streifen der Zeitung (Nr. 3 und Nr. 4) gezeigt, und erst heute hat sie mir geglaubt. Sie hat mich in die Arme genommen und mich lange geküßt.

Sie zeigte mir, wie schnell sie tippen kann. Man kann ihre Finger kaum sehen. Das hat sie in der Schule gelernt.

*21.5.*

Mein Vater hat mir heute erzählt, daß der Lehrling, der meine Stelle eingenommen hatte, die Bäckerei verlassen hat, weil er lieber schmuggeln will. Sein Dorf liegt an der libanesischen Grenze, und vom Schmuggeln wird man sehr schnell reich, oder man landet im Gefängnis. Er hat aber, bevor er ging, einen anderen Jungen eingeführt. Langsam hat mein Vater die Bäckerei saniert, und es geht ihm besser. Ich merke es am Essen. Noch nie hatten wir soviel Fleisch auf dem Tisch wie in den letzten Monaten. Ich denke gerade wieder an den Jungen, der meine Stelle bekommen hatte und Schauspieler werden wollte. Er war begabt. Aber er hat keinen so guten Freund wie Onkel Salim gehabt.

*2.6.*

Die Nr. 5 ist fertig! Wir haben über zweitausend Streifen abgezogen. Das war ganz schön anstrengend, aber diese Ausgabe ist toll. Habib hat mit seiner sehr einfachen Sprache die Lügen der vierunddreißig Putschisten entlarvt, die Syrien bisher regierten.

*7.6.*

Wir ließen fünf Ballons mit etwa dreihundert Streifen aufsteigen, die im Wind wunderbar heruntersegelten.

*9.6.*

Die Aktion in der Omaijaden-Moschee war etwas gefährlich, aber wir konnten die Streifen in noch vier weiteren Kirchen und in zehn kleineren Moscheen verteilen.

Habib ist fast fertig mit dem zweiten Krimi des Arsène Lupin. Er ist sehr zufrieden mit sich, raucht weniger und ist etwas dicker geworden. Mariam liebt ihn wahnsinnig, aber ich glaube nicht, daß er sie genauso liebt. Er denkt immer noch an seine Frau. Kann man mehrere Menschen lieben? Ich glaube schon, den einen intensiv, den anderen mild, den dritten . . . Ja, wie die Farben des Regenbogens. Wie recht hat der Verrückte.

*13.6.*

Mahmud verdient wirklich viel Geld. Er spart etwas und gibt das meiste seinen Eltern. Seine Mutter ist überglücklich und zieht sich immer schöner an.

Heute hat er erzählt, daß einige Generäle Dauergäste in der Sondervorstellung sind. Sie saufen wie ein Abfluß und verhalten sich wie die Schweine, daß sich die Stühle vor Scham biegen könnten. Er hört viel, was sie getan haben, und sie protzen damit, wen sie alles kennen.

»Wäre es nicht gut, all das, was sie quasseln, an die Öffentlichkeit zu bringen?« fragte ich.

»Sicher!« antwortete Mahmud.

*26.6.*

Verdammt! Eine Katastrophe! Habib wurde erwischt!!!

Ich wollte ihn besuchen, und schon von weitem sah ich die Polizeiautos. Zwei bewaffnete Soldaten bewachten die Eingangstür. Ich stand in einiger Entfernung mit vielen Nachbarn und Neugierigen zusammen. Immer wieder kamen Polizisten der Spezialtruppe aus dem Haus und trugen Kartons in die Autos. Mariam stand auf dem Balkon. Sie sah mich und schüttelte den Kopf. Ihr Gesicht war totenblaß.

Ich wartete, bis die Autos endlich wegfuhren, dann schlich ich zu ihr. Sie fiel mir weinend in die Arme und wisperte: »Was soll ich tun ohne ihn? Sie sagen, er ist ein Verräter und hätte Geld aus dem Ausland bekommen, um den Staat kaputtzumachen. Mein armer Habib!« Sie schluchzte verzweifelt.

Mariam wußte schon, daß wir die Zeitung machen, aber sie hat kein Wort gesagt, als sie nach den Bekannten und Freunden Habibs gefragt worden ist. Ich brachte sie in ihr Schlafzimmer, und sie kauerte sich wie ein kleines Kind weinend auf dem Bett zusammen. Vorsichtig schlich ich die Treppe hinauf und öffnete mit meinem Schlüssel die Tür zu Habibs Wohnung. Drinnen sah es aus, als hätte ein Rudel Wölfe gewütet.

Der Schrank war zertrümmert, und das Bild von Habibs Frau lag in Fetzen herum. Nichts in der Wohnung ist ganz geblieben. Tee, Salz, Zucker und Kaffee sind auf dem Boden zerstreut, die Teller in Scherben geschlagen. Alle Bücher, die Schreibmaschine und den Vervielfältiger, sogar die Wäsche haben sie mitgenommen.

Mahmud war fürchterlich geschockt, als er es erfuhr. Er hat keine Spur von Angst, aber er macht sich große Sorgen um Habibs Leben. Sie werden ihn totschlagen oder verrückt machen und in die Irrenanstalt stecken.

*29.6.*

Ich beriet mich mit Mahmud. Er meinte, daß die Goldmünze für Habib ausgegeben werden muß, für einen Rechtsanwalt. Aber wir finden keinen! Sie haben Mahmud genau wie mir ausweichende Antworten gegeben, weshalb sie den Fall nicht übernehmen können. Nur einer war ehrlich und sagte, daß es in Syrien verboten sei, politische Gefangene zu verteidigen. Nadia hat es bestätigt. Ihr Chef, dieser Angeber, der immer wieder damit protzt, wie viele Richter durch seine Hände gegangen seien, schaute Nadia mißtrauisch an, als sie ihn fragte. Er riet ihr barsch, sie solle lieber weiter ihre Briefe tippen und über solche politischen Fälle in seiner Praxis nicht mehr reden, wenn sie noch länger bei ihm arbeiten wolle.

Ein Flugblatt ist also in diesem Land gefährlicher als ein Mord.

*1.7.*

BBC London brachte heute die Nachricht von der Verhaftung. Sie hätten es vom französischen »Le Monde« erfahren. Habib sei wegen seiner mutigen journalistischen Tätigkeit verhaftet worden.

*4.7.*

Erst am neunten Tag brachte die Zeitung der Regierung die Nachricht, daß ein Verrückter namens Habib eine Weile eine dumme Zeitung gemacht habe und daß er nun in Behandlung sei.

Mein Chef ist ganz merkwürdig. Er schimpfte auf Habib, der so idiotisch gewesen sei, sich allein gegen die ganze Regierung zu stellen. Ich könnte ihm ins Gesicht spucken, dem feigen Hund.

*10.7.*

Gestern saßen wir lange zusammen und überlegten, was wir tun könnten. Wir müssen Habib herausholen. Aber wie?

Mahmud schlug vor, einen General aus dem Nachtlokal zu entführen und dafür die Freilassung von Habib zu verlangen. Ich fand die Idee nicht schlecht, und morgen gehe ich hin und schaue mir das Lokal an. Mahmud darf mir einen Drink umsonst anbieten.

Mein Chef informierte sich bei einem hohen Tier, aber niemand kann Habib helfen. Der Typ soll gesagt haben, er holt jeden Zuhälter, Haschischschmuggler und Messerstecher heraus, aber er läßt die Finger von den Politischen, denn er will sich nicht die Finger verbrennen.

Auch der Journalistenverband gab dem Chef eine Abfuhr. »Habib«, sagten sie, »ist krank und verantwortungslos.«

*11.7.*

Nadia findet unsere Idee beschissen. Sie schimpfte, wir seien dumm und naiv, als ob irgendein General so wichtig sei. Sie lachte höhnisch und schrie mich an:

»Wer weiß, vielleicht kriegst du einen Orden dafür, daß

du die Regierung von einem General entlastet hast, den sie eh loswerden wollten, aber nicht wußten, wie. Habib aber kommt nicht lebend raus.«

*12.7.*

Ich war gestern nacht im Lokal. Meiner Mutter habe ich es gesagt. Sie soll sich was einfallen lassen, wenn der Alte nach mir fragt. Ich versprach ihr aber, daß ich weder Geld ausgeben, noch mit den Frauen dort was zu tun haben werde. Ich wolle nur Mahmud besuchen und sehen, wie er arbeitet.

Ein Wahnsinn ist dieses Lokal! Man kann es nicht glauben, daß es so was in Damaskus gibt. Draußen verbieten die Typen, daß wir uns berühren, geschweige denn küssen, und drinnen sitzen sie und erlauben sich das wildeste Pariser Leben.

Mahmud zeigte mir den Justizminister und den Luftwaffengeneral, der so lange gebraucht hat, die Regierung zu akzeptieren. Er war in Zivil. Ein ziemlich kleiner und ausgemergelter Fünfzigjähriger. So sehen diese Typen gar nicht furchterregend aus. Was doch Uniformen alles ausmachen! Ich könnte ihn glatt für einen Viehhändler oder Krämer halten.

Eine blonde, etwas dicke Frau führte einen orientalischen Tanz vor. Das sah vielleicht aus! Tanzen kann man das nicht nennen. Das ist tatsächlich nur ein Fettgewackle, aber die Männer jubelten jedesmal, wenn sie sich vorbeugte und ihre Brüste zeigte. Der General war nach zwei Gläsern betrunken und sprach angeberisch so ein Englisch, daß ich Mitleid mit seinem Englischlehrer bekam. Der Typ hatte keine Ahnung und übersetzte seine arabischen Rufe Wort für Wort ins Englische. Was auf arabisch schön ist, ist in der wörtlichen Übersetzung makaber.

»Oh, my eyeapple«, turtelte er begeistert. »You bury me, you sweet bee«, rief er der Tänzerin mit verdrehten Augen zu.

Nein, Nadia hat recht. So einen Dummkopf möchte jede Regierung nur loswerden. Sie kann ihn leicht durch einen ähnlichen Trottel ersetzen. Heute abend werde ich noch mal mit Mahmud und Nadia reden.

*13.7.*

Ich war heute auf dem Friedhof am bescheidenen Grab von Onkel Salim. Es hebt sich nicht von der Erde ab, die ihn geboren und wieder zurückbekommen hat. Fünf rote Rosen habe ich ihm hingelegt.

Die Trauer um Habib erstickt mich fast, aber ich will leben und lachen. Ich werde die Hoffnung nicht aufgeben. Das habe ich von meinem alten Freund gelernt. »Alles wächst«, hatte er mir eines Tages gesagt. »Alles wächst, außer der Katastrophe. Sie ist bei der Geburt am größten und schrumpft danach von Tag zu Tag.«

*14.7.*

Lange haben wir miteinander gesprochen. Mahmud wurde auch nachdenklich, als Nadia ihn fragte: »Was glaubst du, was Habib jetzt am liebsten machen würde?«

»Die Zeitung«, flüsterten wir beide wie aus einem Mund.

»Genau, die Zeitung. Diese Mörder sollen wissen, wenn sie Habib töten, dann werden viele Habibs seinen Weg fortsetzen.«

Nadia will mitmachen. Sie will über die Frauen in Damaskus berichten, Mahmud schreibt über einige Geheimnisse des letzten Putsches. Ich schreibe einen Artikel über den mutigsten Journalisten Syriens, über

Habib. Mahmud und Nadia haben das beschlossen, weil ich derjenige bin, der Habib am besten kennt.

Mahmud hat zweihundert Lira von seinen Ersparnissen für einen Vervielfältiger und eine Schreibmaschine gespendet. Ich machte hundert für Papier, Tinte und Ballons locker.

Das Versteck, wo wir unsere »Druckerei« aufbauen, hat uns lange beschäftigt. Mariam hat hier großartig geholfen. Sie hat eine alte Freundin, die Zimmer an Studenten vermietet. Ein Dachzimmer ist wegen der Uni-Ferien seit einer Woche frei. Das Zimmer ist sehr billig, und junge Leute gehen im Haus ständig ein und aus. Die Hausbesitzerin wohnt ein paar Straßen weiter in einer schönen Gegend. Ihr ist es egal, wer da wohnt. Hauptsache, die Miete wird jeden Monat im voraus bezahlt. Das tut Mariam für uns und für Habib.

Morgen gehe ich mit ihr zu der Frau und hole die Schlüssel. Ich werde dann ein frischgebackener Student sein und mein Vater ein reicher Bauer im Norden. Die Miete für drei Monate wird die alte Dame überzeugen.

Habib braucht die Zeitung. Wir werden den Militärs zeigen, wie viele Habibs dieser gefangene Journalist zur Welt gebracht hat.

## Rafik Schami im dtv

»Meine geheime Quelle ist die Zunge der anderen. Wer erzählen will, muß erst einmal lernen zuzuhören.«
*Rafik Schami*

**Das letzte Wort der Wanderratte**
Märchen, Fabeln und phantastische Geschichten
ISBN 978-3-423-10735-8
»Die Fortsetzung von ›Tausendundeiner Nacht‹ in unserer Zeit.« (Jens Brüning, Sender Freies Berlin)

**Die Sehnsucht fährt schwarz**
Geschichten aus der Fremde
ISBN 978-3-423-10842-3
Das Leben der Arbeitsemigranten in Deutschland: von Heimweh und Diskriminierung, Einsamkeit und Missverständnissen, von Behördenkrieg und Sprachschwierigkeiten – und von manch kleinem Sieg über den grauen Alltag.

**Der erste Ritt durchs Nadelöhr**
Noch mehr Märchen, Fabeln & phantastische Geschichten
ISBN 978-3-423-10896-6
Von tapferen Flöhen, einer einsamen Raupe, einem Schwein, das unter die Hühner ging und anderen wunderbaren Fabelwesen.

**Das Schaf im Wolfspelz**
Märchen & Fabeln
ISBN 978-3-423-11026-6
Märchen und Fabeln, die bunt und poetisch erzählen, was ein Schaf mit einem Wolfspelz zu tun hat und warum eine Zwiebel uns tatsächlich zum Weinen bringt.

**Der Fliegenmelker**
Geschichten aus Damaskus
ISBN 978-3-423-11081-5
Vom Leben der Menschen im Damaskus der 50er Jahre: Liebe und List, Arbeit und Vergnügen in unsicheren Zeiten.

**Märchen aus Malula**
ISBN 978-3-423-11219-2
Aus Malula, dem Heimatort von Rafik Schamis Familie, stammt diese Sammlung von Geschichten, die durch Zufall wiederentdeckt wurde.

**Erzähler der Nacht**
Roman
ISBN 978-3-423-11915-3
Salim, der beste Geschichtenerzähler von Damaskus, ist verstummt. Sieben seiner Freunde besuchen ihn Abend für Abend und erzählen die Schicksalsgeschichten ihres Lebens. Damit können sie Salim erlösen, denn er benötigt sieben einmalige Geschenke …

## Rafik Schami im dtv

**Eine Hand voller Sterne**
Roman
ISBN 978-3-423-11973-3 und
ISBN 978-3-423-21177-2
Über mehrere Jahre hinweg führt ein Bäckerjunge in Damaskus ein Tagebuch. Es gibt viel Schönes, Poetisches und Lustiges zu berichten, aber auch von Armut und Angst erzählt er.

**Der ehrliche Lügner**
Roman
ISBN 978-3-423-12203-0
Zauberhaft schöne Geschichten aus dem Morgenland, die Rafik Schami in bester arabischer Erzähltradition zu einem kunstvollen Roman verwoben hat.

**Vom Zauber der Zunge**
Reden gegen das Verstummen
ISBN 978-3-423-12434-8
Vier Diskurse über das Erzählen, wie sie lebendiger und lebensnäher nicht sein könnten.

**Reise zwischen Nacht und Morgen**
Roman
ISBN 978-3-423-12635-9
Ein alter Circus reist von Deutschland in den Orient. Ein Roman über die Hoffnung im Angesicht der Vergänglichkeit.

**Gesammelte Olivenkerne**
aus dem Tagebuch der Fremde
ISBN 978-3-423-12771-4
Mit kritischem und amüsiertem Blick auf das Leben in Arabien und Deutschland schreibt Schami in seinen kleinen Gesellschaftseinmischungen über eine Traumfrau, einen Müllsortierer, über Liebende oder Lottospieler.

**Milad**
Von einem, der auszog, um 21 Tage satt zu werden
Roman
ISBN 978-3-423-12849-0
Eine Fee verspricht dem armen Milad einen Schatz, wenn er es schafft, 21 Tage hintereinander satt zu werden.

**Sieben Doppelgänger**
Roman
ISBN 978-3-423-12936-7
Doppelgänger sollen für Rafik Schami auf Lesereise gehen, damit er in Ruhe neue Bücher schreiben kann …

## Rafik Schami im dtv

**Die Sehnsucht der Schwalbe**
Roman
ISBN 978-3-423-**12991**-6 und
ISBN 978-3-423-**21002**-7

»Mein Leben in Deutschland ist ein einziges Abenteuer.« Und Lutfi aus Damaskus beginnt zu erzählen ... Ein Buch über Kindheit und Elternhaus, Liebe und Hass, Fürsorge und Missgunst und die Suche nach einem Ort der Geborgenheit.

**Mit fremden Augen**
Tagebuch über den 11. September, den Palästinakonflikt und die arabische Welt
ISBN 978-3-423-**13241**-1

Sehr persönlich und poetisch geschriebene Tagebuchaufzeichnungen von Oktober 2001 bis Mai 2002 – getragen von dem Wunsch nach einer friedlichen Aussöhnung zwischen Israelis und Palästinensern.

**Die dunkle Seite der Liebe**
Roman
ISBN 978-3-423-**13520**-7 und
ISBN 978-3-423-**21100**-0

Zwei Familienclans, die sich auf den Tod hassen und eine Liebe, die daran fast zerbricht. »Ein Meisterwerk. Ein Wunderding der Prosa, dessen Elemente gemischt sind aus Mythen und Mären, Fabeln, Legenden und einer wunderschönen Liebesromanze.« (Fritz J. Raddatz in ›Die Zeit‹)

**Damaskus im Herzen**
und Deutschland im Blick
ISBN 978-3-423-**13796**-6

Ernsthafte und unterhaltsame Betrachtungen eines syrischen Deutschen zwischen Orient und Okzident, ein Plädoyer für mehr Toleranz und das Buch, in dem sich Schamis persönliches und politisches Credo am leidenschaftlichsten ausdrückt.

Bitte besuchen Sie uns im Internet: www.dtv.de

## T. C. Boyle im dtv

»Aus dem Leben gegriffen und trotzdem unglaublich.«
*Barbara Sichtermann*

**World's End**
Roman
Übers. v. Werner Richter
ISBN 978-3-423-**11666**-4 und
ISBN 978-3-423-**21030**-0
In der Nacht seines 22. Geburtstages rast Walter Van Brunt betrunken und bekifft mit seinem Motorrad gegen eine Gedenktafel. Die Vergangenheit holt ihn ein …

**Greasy Lake und andere Geschichten**
Übers. v. Giovanni Bandini u. Ditte König
ISBN 978-3-423-**11771**-5
Geschichten voller Action, Witz und Überraschungen.

**Grün ist die Hoffnung**
Roman
Übers. v. Werner Richter
ISBN 978-3-423-**11826**-2 und
ISBN 978-3-423-**20774**-4
Drei schräge Typen versuchen in den Bergen nördlich von San Francisco Marihuana anzubauen, um endlich ans große Geld zu kommen. Doch das Leben in der Wildnis ist strapaziös …

**Wenn der Fluß voll Whisky wär**
Erzählungen
Übers. v. Werner Richter
ISBN 978-3-423-**11903**-0

**Willkommen in Wellville**
Roman
Übers. v. Anette Grube
ISBN 978-3-423-**11998**-6
Zu Dr. John Harvey Kelloggs Tempel der Gesundheit wallfahrtet die gesundheitsbewußte Oberschicht Amerikas …

**Der Samurai von Savannah**
Roman
Übers. v. Werner Richter
ISBN 978-3-423-**12009**-8
Als der japanische Matrose Hiro Tanaka vor der Küste Georgias von Bord eines Frachters springt, ahnt er noch nicht, was ihm in Amerika blüht … Ein tragikomischer Roman über die dramatische Begegnung zweier Kulturen.

**Tod durch Ertrinken**
Erzählungen
Übers. v. Anette Grube
ISBN 978-3-423-**12329**-7

**América**
Roman
Übers. v. Werner Richter
ISBN 978-3-423-**12519**-2 und
ISBN 978-3-423-**20935**-9
»Ein Buch wie ein rasanter Film, in dem Erste und Dritte Welt aufeinander krachen.«
(Elke Heidenreich)

Bitte besuchen Sie uns im Internet: www.dtv.de

# T. C. Boyle im dtv

**Riven Rock**
Roman
Übers. v. Werner Richter
ISBN 978-3-423-12784-4
Der steinreiche Erbe Stanley McCormick leidet unter sexuellen Wahnvorstellungen und kann mit keiner Frau allein gelassen werden – schon gar nicht mit seiner eigenen.

**Fleischeslust**
Erzählungen
Übers. v. Werner Richter
ISBN 978-3-423-12910-7
Geschichten über Exzesse, Mordlust, Sehnsucht und Gier.

**Ein Freund der Erde**
Roman
Übers. v. Werner Richter
ISBN 978-3-423-13053-0
Mit Sarkasmus und Witz erzählt Boyle von der Zukunft, die längst begonnen hat.

**Schluß mit cool**
Erzählungen
Übers. v. Werner Richter
ISBN 978-3-423-13158-2

**Drop City**
Roman
Übers. v. Werner Richter
ISBN 978-3-423-13364-7 und
ISBN 978-3-423-21113-0
Eine Hippiekommune zieht in den 70er Jahren von Kalifornien nach Alaskas … Sex, Drugs and Rock 'n' Roll – das große Epos der Gegenkultur.

**Dr. Sex**
Roman
Übers. v. Dirk van Gunsteren
ISBN 978-3-423-20981-6
USA 1939: Alfred Kinsey untersucht das sexuelle Verhalten von Männern und Frauen, und zwar empirisch. John Milk wird in Kinseys innersten Zirkel aufgenommen …

**Talk Talk**
Roman
Übers. v. Dirk van Gunsteren
ISBN 978-3-423-21060-7
»Einen richtigen Thriller hat Boyle da hingelegt, ein rasantes Roadmovie und eine Lovestory.« (Brigitte)

**Zähne und Klauen**
Erzählungen
ISBN 978-3-423-21194-9
Der Mensch zwischen Ratio und animalischen Trieben – grimmige und komische Erzählungen vom »Meisterschwimmer der Kurzgeschichte«. (FAZ)